我從拘留室搬進東倫敦之後

WARNINGS FROM THE TAROT READER

這本書，獻給我最親愛的家人，以及走在築夢道路上，每一個照顧我、鼓勵我、對我伸出援手的人。謝謝你們，我何其有幸，能被你們這樣寵壞。

It's just that real meaning comes from experience,
not some fashionable idea.

真實的意義來自經驗，而非那些看似符合潮流的時尚理念。

FOREWORD 推薦序

開著大人車子的孩子

——許乃涵（涵冷娜）

「那就再麻煩妳幫我寫序了，我請編輯把書稿寄給妳。」美恩說。當天稍晚，我收到訊息，「編輯還沒寄嗎？那我先寄給妳！」大約五十五分鐘後我接到電話，「妳看完了嗎？有什麼意見給我嗎？」那時我才剛忙完坐下來打開她新書的第一頁檔案，簡直被她弄得哭笑不得。

「我才剛打開！而且妳寄給我還不到一個小時耶，妳讓我喘口氣吧！」

「啊！對不起！那我晚一點再打給妳！」電話那頭的她聽起來有些不好意思，但聲音裡仍然有一種不可忽視的迫切。

這就是美恩。這麼多年過去了，即使已經是在時尚圈工作的專業攝影師，即使已經是一本暢銷書的作者，她還是保有那種孩子氣的衝勁，當她要起跑的時候，管你今天是不是下大雨，警察是不是會來抓，你最好趕快跟著她一起出發！

所幸，當我真的開始看的時候，就不需要她脅迫上路，她的書就適合不踩煞車地一路衝到終點，在深夜一口氣讀完她的稿子，只覺得意猶未盡。

美恩選定的航道絕不會是你在旅遊書上看過的正規景點，就像叛逆的孩子，她特別偏愛那些不為人知的小天地；上演著莎士比亞的古老小劇場、神秘音樂酒吧、廢棄鍋爐場建成的現代藝術展覽館，都透過她好奇的眼睛跟一馬當先的鏡頭訴說著自己的故事。而當她一轉彎帶著我們走進英國海關拘留室，或是會出現毒販跟酗酒大學教授的倫敦小公寓，甚至走進香港黑社會打麻將的陰暗菜市場，你也許會開始懷疑這樣的旅程真的安全嗎？

美恩就像個孩子開著大車，她的冒險精神絕對讓你大呼過癮，但不小心露出的天真又讓你替她的安危捏把冷汗，她做著大人的事情，用著孩子的熱情。

然而，只靠熱情拍不出好作品；正如一台沒有方向的車是開不到終點的！美恩的方向盤是她細膩的心。旅程中你可以看到她對人事的獨到見解，對人的細微觀察：夢想著一個婚禮的憂鬱女孩、消費年輕人夢想的Showroom，這些人物被她用攝影或文字記錄了下來，成為了旅途上的深度風景。

這就是美恩。她膽大包天時可以跑給保安追，溫柔細心時可以讓沒經驗的模特兒輕易對她卸下心防，她可以一個鏡頭幾分鐘就拍完一組照片，也能踏實地在攝影棚裡當助理熬上一大段時間，她有時表現得像個女權主義者，在男友身邊又像個依賴的小女人。

這就是美恩。在五光十色的時尚圈裡，看著她，就像看著一個孩子開著大人的車卻優雅游刃有餘，她玩得開心，我們看得著迷。

所以往下翻吧！這會是趟很刺激的旅程。

你準備好了嗎？

（本文作者為舞台劇演員）

FOREWORD 推薦序

每個人的生命中都要有一個連美恩

——陳錦晶

這個標題，其實是從美恩那偷來的（笑）。

前陣子，美恩寫信給我，她說要把我們在歐洲拍照的過程寫進書裡，標題要取為〈每個人的生命中都要有一個陳晶晶〉，雖然又是我跟她，你一言我一句間的玩笑話，但是，當時聽到她這麼說，心裡其實有一個大OS，那就是——「幹嘛偷走我的台詞啊！」

常常覺得美恩集結了這個大時代下，我們所缺乏的許多特質，而這些往往是我們最需要的。我們都需要一個勇敢的理由，在上一本書《我睡了八十一個人的沙發》當中，許多人因此找到「放下」與冒險的勇氣，亦或藉由她的文字體驗了一段精彩的旅程。在這一本中，我更喜歡貼近她生活面的「可愛」。

我常覺得美恩就像一本永遠沒有制式答案的百科書，讀起來盡是滿滿驚喜與收穫；她有著敏銳眼睛與纖細心眼，勇於冒險，充滿魅力，她不為故事而寫，而是一種毫無保留的真實描繪。這本書，從台灣、倫敦、歐洲、香港再回到台灣，無論是期盼能擁有一個婚禮的巴塞隆納女陶藝家、羞澀委婉的英國老太太，抑或是時尚圈的高級詐騙者 Johnny，在閱讀耐人尋味的精彩故事的同時，也騷動了自己內心的聲音。一如書中美恩的自白，她說她希望自己傳達的是一種狀態、一個問號，而不是一個答案。

如今，那個勇闖歐洲的沙發冒險女孩在這本書中，漸漸蛻變成了獨當一面的時尚攝影師。

每次與美恩工作時，印象最深刻的是，美恩都會跟模特兒訴說一個情境或故事，而模特兒們通常聽完故事，都能在拍攝時有超乎水準的多層次表現，跳脫了擺時尚 pose 的窠臼，這是我在跟許多攝影師合作時極少見的現象。比如說書中那位美恩在巴黎遇到的大食怪激瘦女模 Ellen，來自拉斯維加斯的她鏡頭外最喜歡高分貝大喊：「Let's go to party……」穿著露點洋裝到處蹦蹦跳跳，在聽完美恩的拍攝主題故事之後，馬上融入劇情成了照片中那個上世紀的魂魄，遊蕩在已改建成精品旅館的蒙馬特家中……

現在，好開心美恩又有了第二本書，透過她的文字，我又發現好多美恩熱愛生命與生活的心路歷程，而這正是最令我著迷與感動萬分的收穫。

（本文作者為 eyemag 雜誌總編輯）

PREFACE 自序

屬於你的，我的，他的馬丘比丘

寫這篇序的時候，我正坐在我家對面的早餐店裡，桌上放著一杯大杯熱奶茶、一份火腿蛋吐司，音響裡傳來廣播清爽的音樂聲。

這只是一間很普通的早餐店，賣的東西沒什麼特別的，不過，可以一大清早悠閒地坐在這裡，從容不迫地喝一杯早餐店的熱奶茶，確實給我一種非常幸福的感覺。雖然，現在明明是熱得要死的七月天；雖然，我知道早餐店的奶茶非常非常非常肥。

但，就是很幸福就對了，又或許因為，我終於能和你們分享這本書了。

這本書寫得很辛苦啊，一度覺得自己可能永遠都無法把它完成，也常常寫到一半有種想把電腦從窗戶丟到樓下的衝動……這中間支持我的，除了親愛的家人和朋友之外，還有Mark Inglis說過的一句話：「當你覺得沮喪時，不妨回頭看看，你已經走了多遠的路，這會讓你有繼續走下去的勇氣。」

昨天受邀去綜藝節目《大學生了沒》當來賓，題目是「旅遊達人的私房秘密景點」。其中一個來賓Eric分享的主題是南美洲的印加古道徒步之旅，他說從印加古道徒步到馬丘比丘總共要花上四天的時間，旅程中有許多既窄小、又臨近斷崖的險路，走起來特別艱辛，常常有一些平時比較少在運動的人會在走到一半的時候體力不支，直接跌坐在地上，像孩子似地放聲大哭。

「那怎麼辦呢？如果真的受不了，可以中途放棄嗎？」其中一位大學生問。

「當然可以啊。」Eric 充滿魅力地一笑：「不過因為山上沒有任何交通工具，所以放棄旅程唯一的方法就是沿著原路走回去。」

大學生們的臉全都垮下來了，頓時攝影棚裡哀鴻遍野。

「都已經走一半了，既然走回去和走到終點的路程一樣遠，那還不如跟大家一起走到終點罷了。」其中一個人說。

我嘴角上揚，忍不住微笑起來，整個人陶醉在一種莫名的愉悅當中。

走在夢想的路上，像不像走在印加古道的漫漫小徑上？我忍不住地想。

我沒去過印加古道，但我猜想，印加古道應該是細細小小的，很蜿蜒曲折的，沿著山壁繞啊繞，舉目望去，你會看到山和林，卻無法一眼看到終點。

在台灣長大的我，雖然性格中有一點小小的叛逆，但大部分的時候我還是膽小的，對於許多事，我還是習慣跟著大家的腳步走，過著安全的生活。這樣的態度一直持續到大一那年寒假，哥哥帶我去泰國的曼谷展開我們人生中第一次的自助旅行以前。然後，我的生命從那之後，一點一滴改變了。

過去旅行總是跟團的我們，在曼谷的那趟旅程中第一次接觸到所謂的背包客，也從他們的口中聽說了 Gap Year（間隔年）這個完全嶄新的觀念。我還記得，當這些歐洲年輕人們跟我分享他們獨自旅行和走過這個世界的心得時，我是多麼的欣羨與震撼。但對於一個總是拉著四輪行李箱、永遠跟在家人屁股後面旅行的女孩來說，獨自一人踏上旅途，甚至是長達一年的壯遊，那是一條多麼無法想像、又難以跨越的鴻溝。

雖然如此，想要背起背包，獨自一人去旅行這件事，還是悄悄地在我心底生了根，發起小小的新芽。

從曼谷回台灣以後，我決定踏出我的第一步，於是申請了為期三個月的美國暑期度假打工計畫，不過因為膽怯，我還是拉了一個好友跟我一起報名，沒想到都已經進行到最後階段，好友卻突然說她不去了。

我記得當時我嚇壞了，想到最後竟落得自己一個人上路，幾乎就要舉白旗投降，但因為不甘心，也因為報名費都繳了，只好硬著頭皮走下去。

但讓我意想不到的是，雖然沒有好友陪伴，在出發前的行前會上，我卻遇見許多同樣想去美國打工、勇敢且充滿夢想的男孩和女孩們，後來我們結為好友，在工作之餘的假期裡一起租車穿越沙漠、在國家公園露營、跳到冰河湖裡游泳、搭直升機到大峽谷的上方高空跳傘，並結識許多不同國家的大學生，留下許多精彩刺激的回憶……如果說，一開始我沒有勇氣踏出那第一步，這些美麗的故事就永遠不會發生。

之後的大學生涯，我努力打工存錢，接連去了尼泊爾、印度、中國和西班牙，每次都是獨自一人，出發前也不免擔心害怕，但我總會一次又一次地，在旅途中結識志同道合的朋友。慢慢地，我不再害怕一個人上路這件事，因為我越來越清楚地知道，當你勇往直前地朝你想去的那個方向奔跑時，就會在路上遇到跟你有一樣目標、一樣夢想的人，他們將成為你的朋友，與你一起分享築夢的美麗果實。

我在大四那年，發現自己渴望成為一位攝影師，但在那之前，我連光圈和快門是什麼都搞不清楚。攝影師這個工作對我來說就像馬丘比丘一樣，充滿異國風情，迷人且遙遠，而我竟也在一股迷惘與追尋的動力牽引下，一個不小心踏上了屬於我生命中的印加古道。

我離開台灣，旅經一座又一座歐洲城市，最後選擇留在倫敦從事時尚攝影工作。過去兩年多來，在追求夢想的路途中，我掙扎過，也曾經癱坐在地上，受挫地大聲嚎哭著，焦慮地擔心自己可能永遠都到達不了終點，盤算著打道回府的可能……但這一路上，總有許多旅伴在我身邊出現，他們遞給我水，溫柔地替我擦去臉頰上的眼淚，陪著我一起走一小段路，熱情地與我分享這條路上令人嘆為觀止的美麗風景。

我常常覺得自己運氣太好了，居然有這麼多人願意對我表示鼓勵和伸出援手。但事實上，我覺得除了運氣好，我更相信那是因為我正走在我追尋的那條路上，所以才有機會遇見那些也走在這條路上的旅人。

當然，這段追夢的旅程當中，少不了那些跌跌撞撞的經歷，這些過程，我也記錄在這本書裡。但到頭來，那些遭遇又有什麼好害怕的呢？一到想到前方有那麼多朋友在那裡等待，伸著手準備溫柔地將你托住，那些摔跤，實在是太微不足道了啊！

準備好了嗎？就讓我們手牽手，一起去尋找屬於你的，我的，他的馬丘比丘吧！

二〇一三年七月五日　台北

CONTENTS 目錄

CHAPTER 1 我只是喜歡說故事

與其說我被時尚攝影圈的五光十色吸引，不如說我對那種可以用最小的人力和單位，將一個故事創造出來的過程深深著迷。

四月下旬，倫敦城裡的水仙花都開了，我們一票工作人員浩浩蕩蕩來到座落於北倫敦的漢普斯特高地公園（Hampstead Heath），當男模特兒 Max 把牛仔褲脫下來，露出裡面的阿公大內褲時，現場所有的工作人員都露出狐疑的表情。

那天的拍攝主題叫做「Away From Eden」（遠離伊甸園），靈感來自《聖經・創世記》裡亞當和夏娃偷吃禁果後被神逐出伊甸園前神對他們說的話。

神對夏娃說：「我必多多加增妳懷胎的苦楚，妳生產兒女必多受苦楚。妳必戀慕妳的丈夫，你丈夫必管轄妳。」神又對亞當說：「你既聽從妻子的話，吃了我所吩咐你不可吃的那樹上的果子，地必為你的緣故受咒詛；你必終身勞苦才能從地裡得吃的。地必給你長出荊棘和蒺藜來；你也要吃田間的菜蔬。你必汗流滿面才得餬口，直到你歸了土。」

在我的想像裡，亞當和夏娃在領受完神的話之後，肩並著肩，局促不安地踏出伊甸園，他們赤裸的身體僅用些許樹葉和花朵遮蔽重點部位，眼底盡是恐懼與顫慄。途經一座森林時，身後傳來野獸低嚎的聲音，夏娃嚇得臉色蒼白，再也走不動了，亞當只好把她馱在背上，沒命往未知的遠方奔去。遍地叢生的荊棘在亞當腿上、身上、手上割出一道又一道如罌粟花般綻放的血口，而彷彿無骨的夏娃，嬌弱地攀附在亞當健壯的肩上，她吐氣如蘭，眼神魅惑，那高高抬起的下巴，像在無聲宣告著她才是這段關係中的支配者。

為了要拍出看似全裸的照片，又不能真的在公園裡脫個精光，通告單上特別註明要兩位模特兒準備貼身的肉色丁字褲，沒想到粗心的 Max 還是忘記了。

「我有個好辦法！」Max大叫一聲。

只見 Max 把內褲四角往胯下內側塞，努力塑成一個「丁」的形狀，偏偏那些被硬塞進去的布料在 Max 兩腿之間鼓成一座小丘，形成一幅令人想入非非的畫面。

開拍的時候，Max 的手工丁字褲似乎十分有靈性，每當兩位模特兒差不多要進入狀況時，就會開始慢動作地展開、下垂，不但嚴重搶戲而且屢次造成畫面穿幫，逼得我們不得不中斷拍攝，等 Max 重新把內褲捲回去。這樣滑稽的狀況加上 Max 刻意搞笑，整個團隊都忍俊不住地笑了起來，其中又數我笑得最肆無忌憚。

眼看情況越來越失控，跟我情同姊妹的彩妝師 Joanne 走到我旁邊，貼著耳朵小聲對我說：「妳冷靜一點好不好，妳是攝影師，是大家的頭耶，笑成這樣像什麼話，照片還要不要拍啊！」

「我知道，可是真的很好笑啊……」我仍舊笑得像頭發狂的猩猩。

Joanne 目露凶光：「我叫妳冷靜一點！」

我試圖忍住，但仍力不從心。下一秒，啪地一聲，一個火辣辣的巴掌擊中我的左臉。力道雖然不大，但卻十分清脆響亮。我傻住，旁邊其他工作人員也全都傻住，連正在調整內褲的 Max 也停下動作，但下一秒大家立刻很有默契地假裝什麼都沒看見，低下頭繼續忙他們手邊的事。

「妳有沒有搞錯啊！妳怎麼可以當著大家的面打我巴掌？妳還給不給我面子啊？」我對

Joanne 低吼。

「沒辦法，妳講不聽啊，我看妳再這樣笑下去，等一下說不定會笑到尿褲子，到那個時候才是真正沒面子！」Joanne 說。

我雖然還有些憤慨，但也覺得 Joanne 說的話有幾分道理，被打了一巴掌後，癲狂的笑意消失無蹤，拍攝速度也加快許多。

《Away From Eden》

《Away From Eden》

拍到一半，一台長得像高爾夫球車的公園巡邏車逼近我們，一個穿著公園制服的管理員從巡邏車上跳下來：「你們在幹什麼？公園是公共場所，禁止裸露，你們這樣已經構成妨害風化了，趕快離開！」

「可是我們的模特兒都有穿內褲，女生胸部那兩點也有貼肉色胸貼，雖然穿得很少，可是並沒有露三點啊，怎麼會妨害風化呢？」我說。

管理員拚命搖頭，表示我們再不離開他就要報警了。

我和工作人員們使了個眼色，大家立即會意，開始緩慢地假裝收東西，眼看管理員的巡邏車緩緩消失在蜿蜒小徑的盡頭，我們又開始動作起來。

「管理員回來了！」過了一會，眼尖的髮型師發現管理員的巡邏車不知何時出現在遠方的小丘上，他的肢體語言非常激動，好像想把我們碎屍萬段一樣。

我們一夥人飛快躲進一旁巡邏車無法開進的森林裡，找到掩護的大樹和石堆後，大家非常有默契地把身子蹲低，企圖讓管理員在看不到我們的狀況下誤以為我們已經逃到別的地方去了。

我一手扶著樹幹、一邊謹慎地跟其他工作人員使眼色，突然間扶著樹幹的手似乎摸到一個濕濕滑滑的物體，我低頭一看，差點尖叫出聲，我摸到的那個東西居然是一個用過的保險套，而且從保險套一側流出來的乳白色液體看起來似乎還挺新鮮的。

我噁心得想吐，偏偏身上沒有帶衛生紙。我慌張地往其他工作人員那邊望去，想隨便跟誰借一張衛生紙，卻發現大家的注意力全被遠方某個事物吸引住。我順著他們的視線看過去，只見樹叢間兩位同志朋友正熱烈地在做愛做的事，其中一位還對我們豎起了大拇指。

「原來你們躲在這裡！把我當白痴嗎？」不知何時管理員已經下了他的巡邏車，出現在我們身後不到一百公尺的地方，我發出了哀叫的聲音，和其他工作人員一起使出吃奶的力氣，拔腿狂奔。

我一邊跑，腦海中一面閃過那不下上百次的疑問，這一切狼狽的遭遇到底是純屬意外？還是正逐步驗證當年占卜師說的那些話呢？

關於占卜師的故事，得先把時間拉回我二十三歲那一年。

剛從大學畢業的我，在台北當平面攝影助理，有一天下班後，老闆帶我去參加一位知名攝影師的私人派對。那是一場很熱鬧的時尚派對，挑高五米的樓中樓，一踏進玄關就主動為客人遞上香檳的服務生，派對上模特兒、時尚編輯、彩妝師、髮型師、服裝設計師、造型師、攝影師穿梭如織，除了老闆我半個人都不認識。等老闆和他的朋友們聊開後，我溜到一旁點心桌找東西吃，不一會，我的注意力被一群圍在角落的女孩們吸引。

女孩們全站在一個房間門口，神情焦慮，像在等什麼大人物出來似的。不一會房間的門從裡面被打開，一個短髮模特兒輕手輕腳走出來，又輕手輕腳把門帶上，突然間女孩們變得像魚池裡搶飼料的錦鯉一樣急切撲上去：「怎麼樣？有準嗎？真的很準嗎？」

「準！準得可怕！」短髮模特兒刻意壓低聲音說。

我繼續在點心桌旁逗留，邊吃東西邊豎起耳朵蒐集情報，逐漸搞懂整件事的來龍去脈。原來，今天派對的主人除了夜店ＤＪ、香檳美饌外，還安排了一個很特別的餘興節目。他請了一位據說在塔羅牌界相當知名的占卜師，安置在派對的一個房間裡，今晚所有的客人只要有興趣，都可以免費進去問一個問題。

對未來感到迷惘的人，多少會動一點算命的念頭。當時的我，正一邊當攝影助理一邊準備出國念研究所，我想念與時尚攝影相關的研究所，心裡卻還有很多疑慮。一聽到現場有神準的占卜師，而且還不用花錢，我飛快加入排隊人潮，等了差不多半個小時後，終於輪到我。

我學著前面幾位女孩，輕手輕腳，像深怕驚動了什麼似地走進那個房間，才關上門，派對上吵雜的噪音立刻被隔絕在外，一個纖瘦的女人盤腿坐在床上，白衣白褲，赤著雙腳。

「把鞋子襪子都脫了，坐到床上來。」占卜師說。

我聽話地脫了鞋襪，坐上床，一副塔羅牌擺在我們中間。占卜師沒說話，靜靜的，彷彿在思考什麼，然後她要我洗牌。

我洗好牌，她熟練地把牌排成扇型，讓我從中挑選一張。

我把挑好的牌交給占卜師，她露出一絲耐人尋味的笑容：「嗯，挺有趣的，妳現在從事的行業，從來不曾出現在妳的生涯規畫當中。這個行業需要的技能，似乎也不是妳拿手的，卻偏偏一頭栽進去。而且，從妳接觸這行到現在還不滿一年的時間。」

我吃了一驚，只覺得臉頰發燙，這個占卜師和我是第一次見面，她不過讓我抽了一張牌，怎麼就好像X光機一樣，把我整個人都透視過一遍了？

從小，我就是個對文字敏感的孩子，作文課老師只要把題目寫在黑板上，下一秒我已經迫不及待地低下頭，對著稿紙振筆疾書。相較之下，我對圖像的理解力就顯得差強人意，一直到小學三年級才在哥哥恩威並施下學會看漫畫。十歲時媽媽送我去名師門下學畫，才上三堂課名師就委婉拜託我媽另請高明。上了大學以後，我主攻編劇，對攝影充滿熱情的那個人，其實是我哥哥。

不知道從什麼時候開始，哥哥迷上攝影，他買了一台單眼相機，家裡開始出現許多專業的攝影書籍。一起旅行的時候，我總是無奈地在一旁發呆閒晃，等哥哥慢條斯理地架腳架、調整構圖，為了一張日出時分的飄渺山谷或燈火通明的都市夜景，三十分鐘到一個小時的等待都只是家常便飯。

最讓我崩潰的一次，是在日本的大阪。哥哥早在出發前就查好了大阪城裡最高的那棟樓，整趟旅程中絕不能錯過的行程就是爬上那棟樓拍夜景。七月份的大阪其實一點都不冷，但五十五樓的露天陽台確實高處不勝寒，那個晚上，哥哥為了拍出他心中理想的大阪城夜景，我們在露天陽台上待了將近三個小時的時間。從那之後，我對「看夜景」這件每個女孩都應該要覺得很浪漫的活動完全免疫，幾乎到了反感的地步，大學聯誼活動裡只要有人提到看夜景，我的頭就會開始隱隱作痛。

我升大四那年暑假，哥哥對攝影的熱情持續增溫，他開始考慮未來朝職業攝影師發展的可能性，於是除了他原本就熟悉的風景、紀實攝影外，他決定到坊間攝影補習班報名專業的棚燈人像攝影課程。

人像課上了一段時間，哥哥覺得如果只靠每次在課堂上聽課，用老師擺好的燈拍照，卻沒有自己實際摸索和練習的過程，進步的空間將非常有限。於是他買了一組便宜的棚燈，又拉著我去永樂市場挑了一塊大黑布，三兩下我們家客廳就被改造成一個陽春版的小攝影棚。

攝影棚、攝影師準備就緒，獨缺練習拍照的模特兒，從小人緣就不錯的我，理所當然攬下找模特兒的工作。一剛開始，哥哥專心打他的燈、拍他的照，我就在旁邊幫忙一些替模特兒整理頭髮或拿反光板之類的雜事，雖然對攝影、燈光一竅不通，但熱鬧看久了也開始有一些自己的意見和想法。比方說，我就不是很喜歡那些一味強調身材曲線、追求性感的 pose，也覺得拍照時除了試圖拍出讓人覺得賞心悅目的畫面外，應該還可以加入更多有想像空間的情境和內涵。這樣的想法在我腦海裡不斷發酵，逐漸變得蠢蠢欲動，我開始纏著哥哥教我一些基本的攝影知識，也咬牙買了一台初階單眼相機，雖然說是門外漢，但我依樣畫葫蘆學哥哥調光圈、快門、打燈的動作，也是頗有架勢的。

大四寒假，趁著哥哥去大陸旅遊，整個攝影棚（客廳）我稱王，我找了高中死黨貓小姐，一起在網路上 po 文，打著免費拍宣傳照的口號，邀請有星夢的年輕人來專長交換。

那是極度瘋狂的一個月，我們在短短三十天內拍了超過五十組人，幾乎每天睜開眼就要準備拍照，一天輪三、四班人馬更是常有的事。雖然對打燈、攝影的技巧仍舊一知半解，還是拍得很興奮，這當中我們拍過空姐、舞者、鄉土劇演員、魔術師、童星以及為數相當驚人的裸照（大家一聽說攝影師是女的就紛紛要求拍裸照），其中比較特別的拍攝經驗有當時正準備出道的少男偶像團體「X」，以及曾經被攝影師帶去 motel 強暴的十五歲小女生……我跟貓小姐聽完她的故事後都非常傻眼，也很難理解她怎麼還有勇氣繼續獨自赴陌生人的攝影邀約。

上圖 | 編號 22 的模特兒 Edison 是我大學時代結識的死黨，個性瀟灑的他拍起來有種充滿魅力的浪人氣息。

下圖 | 編號 43 的模特兒郁琪是個漂亮又親切的大美女，膚質超好，曾拍過化妝品廣告。

每次拍完，我都會沾沾自喜地把作品上傳到部落格相簿裡，並在網誌上一個個寫上感想，然後有一天，我收到一個陌生人的email。

陌生人在email裡自我介紹，說他是一位時尚攝影師，無意間發現了我的部落格，覺得這個女孩滿腔熱血，做起事來爆發力十足，對攝影卻所知甚少。

「妳想不想學真正的時尚攝影？有沒有興趣來我這裡當助理？」信末他說。

這個陌生人，後來變成了我的老闆。

我還記得，去面試那天，明明是寒流來襲，我卻緊張得不停冒汗，眼鏡一直起霧，擦了又霧，霧了又擦，整個人呈現一股忙碌又狼狽的狀態。老闆的攝影棚很大，很挑高，一排又一排看起來很昂貴的棚燈，許多奇形怪狀的燈具配件，攝影棚的入口處有一面牆，牆上貼滿了拍立得照片，全是他和線上知名模特兒、演員的合照。

第一天上班，我才一踏進攝影棚，老闆立即熱情地跟我打招呼：「美恩，我們今天要拍『水塔』喔，有沒有很興奮？」

我愣了一下，心想老闆不是「時尚攝影師」嗎？為什麼時尚攝影師要拍「水塔」呢？但畢竟是第一天上班，太害怕說錯話的我不敢對老闆表示絲毫質疑，只好立即扯開笑臉，用力點頭：「嗯，很興奮，很興奮。」

一個小時之後，造型師、彩妝師、髮型師等工作人員陸續抵達攝影棚，緊接著一位高䠷美麗的女生輕快走上樓梯，她在梳妝台前坐下，髮型師和彩妝師立刻開始幫她打理妝容。

平時很少看電視和報章雜誌的我覺得有些疑惑，趁在儲藏室裡拿道具的空檔問老闆：「老闆，那個坐在梳妝台前的女生是誰啊？」

老闆眼睛瞪得很大：「妳不知道隋棠是誰？那妳剛剛在很興奮、很興奮個什麼勁？」

我愣了一下，知道自己鬧了個大笑話：「我……我剛剛聽成你說，我們今天要拍『水塔』。」

「水塔？」老闆的眼睛瞪得更大了：「我是拍時尚的耶，我為什麼要拍水塔？」

「我，我也是對這點感到很好奇……哈哈哈……耶，老闆，我突然肚子很痛，想去上廁所，我們還是等一下再來討論這個好了。」我裝死地胡扯一番後，火速逃離儲藏室。

我對時尚圈、演藝圈向來不熟，雖然大學念的是廣電系，卻是某種程度的廣電系之恥。瞿友寧導演是我們系上的老師，大一時同學問我要不要一起去當電視劇《惡作劇之吻》的臨時演員，我覺得新奇就跟著去了。第一天在西門町拍公車戲，我被站在旁邊一位高大的男生擠到兩次，氣得一直瞪他，直到下了公車還不忘跟同學抱怨有一位男臨演雖然長得還不錯，卻超級沒禮貌，同學問我那個男生在哪裡，我玉手一指，同學差點昏倒，因為我指的那個人正是男主角鄭元暢。大三時瞿友寧導演拍攝《美味關係》，我跟同學又去當臨演了，我們幾個同學坐在休息區等待的時候，一個很漂亮的女生從我們眼前經過，我當下不假思索，心直口快地大聲嚷嚷：「這個女生好漂亮啊，應該要有人找她去當明星的。」一旁的同學當下差點想把我掐死，因為剛剛走過去的那個女生，是第二女主角賴雅妍。

一個興趣是看書、寫作跟旅遊，平時鮮少看電視、報章雜誌，對娛樂圈、時尚圈沒有太多興趣的人，為什麼會一夕之間變成時尚攝影師的助理，其實不只身旁的同學，就連我自己都覺得有些匪夷所思。

我不否認，年紀輕輕，還在大學裡念書的我對於每天都可以看到華麗的衣服、知名的藝人和模特兒、精緻的彩妝、各式各樣充滿創意的髮型這種花俏的工作環境十分著迷，就好像劉姥姥走進大觀園一樣，攝影棚對我來說就像一個每天都在創造童話故事的迪士尼樂園。

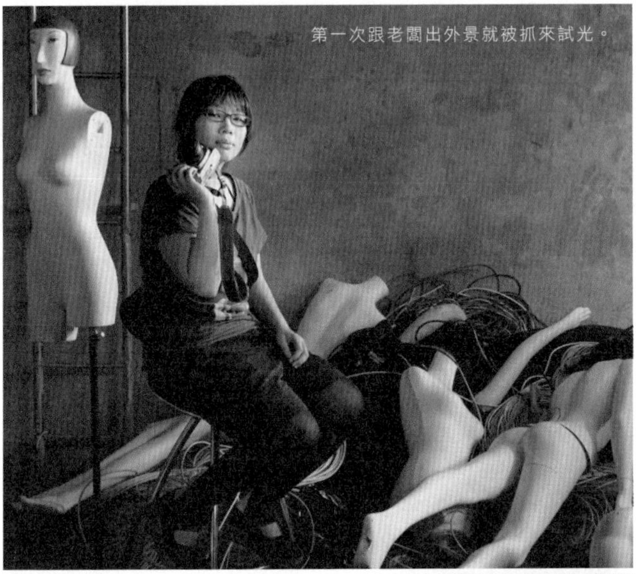
第一次跟老闆出外景就被抓來試光。

每天最開心的時刻就是來攝影棚上班！

當然，也不是沒有辛苦的時候。

有的時候，和老闆一起做拍照用的道具做到天亮，回家換個衣服、洗把臉，又立即趕回攝影棚，準備等一下就要開始的拍攝工作。拍照結束後，整理器材、打掃、追垃圾車、熬夜修圖、雜七雜八的瑣事，就一點都不花俏了。記得有一次老闆拍一個大陸名模，因為場面浩大，我找了哥哥一起來幫忙，那天大夥馬不停蹄地拍了十二個小時，收工的時候模特兒和其他工作人員的臉都垮了，老闆因為晚上有約，留我下來關門，哥哥看著空無一人的攝影棚裡，我像個陀螺一樣打掃、整理器材、追垃圾車，最後跪在攝影棚地上，用小刀細心地把上百條黏在木頭地板上的膠帶一條一條挑起來的時候，哥哥忍不住說話了：「妳一定很喜歡這份工作吧？不然這麼辛苦的工作環境，怎麼做得下去？」

關於這個問題，我答不上來。

也許是因為覺得很新鮮，也許是因為老闆對我很好，又也許是因為不服輸的個性，對於老闆最初那句：「妳想學真正的時尚攝影嗎？」耿耿於懷，關於攝影的技術和美學，我知道我還差得很遠，尚未把功夫學到，怎能輕言放棄？

又繼續工作了一段時間後，我開始逐漸明白我選擇攝影的真正原因。

老闆大學念的是電影，他常常跟我說比起平面攝影，電影才是他的最愛。但電影往往牽涉到龐大的成本、時間和人力，想拍一部電影談何容易，如果沒有資金贊助，絕不是一般人負擔得起的。相較之下平面攝影在這方面的負擔就顯得很輕鬆，不管再怎麼困難的平面拍攝工作，基本上都可以在一天之內完成，花費不像電影那麼可觀，卻同樣有把故事說好的能力。與其說我被時尚攝影圈的五光十色吸引，不如說我對那種可以用最小的人力和單位，將一個故事創造出來的過程深深著迷。

大四上，我跟指導老師提到畢業後想去歐美攻讀劇本創作，老師表示反對，認為我研究所應該去中國大陸念。

「妳以後寫劇本，應該都還是用華語創作，現在最大的華語片市場就是大陸，妳應該先去哪裡建立人脈，以後才有機會嶄露頭角。」老師說。

我知道老師的提醒都是為我好，但我對歐美教育風氣嚮往已久，大二就開始積極準備托福和雅思，研究所不去歐美讀，以後也許不會再有機會。此外，老師的一番話也逼得我不得不開始思考未來的另一個現實面，如果我想做華語編劇，那麼以後我的工作環境是不是也都得在華語地區？

說到底，我只是一個喜歡說故事的人，攝影這種沒有語言隔閡的說故事方式，對喜歡天涯海角到處跑的我而言具有非常強大的吸引力。而時尚攝影的運作流程，跟戲劇的操作手法相似，都是用人為的設計，透過許多關鍵元素堆砌成一座充滿張力的舞台，把故事更鮮明地端到人們面前。

從一開始扮演哥哥的模特兒仲介，到後來在老闆的攝影棚上班，這中間還不到一年的時間。我從一個在外圍看熱鬧的人，逐漸對攝影有了更深的了解，我對攝影的喜愛越多，疑惑也越多。我不知道自己有沒有足夠的天分和能力，將我想說的那些故事變成一張張扣人心弦的畫面，我也不知道我對攝影的熱情和堅持到哪裡。大四下，我在經過一番努力後如願申請上幾間歐洲和紐約的攝影研究所，但沒有人能告訴我，這個決定到底是對是錯，這條路該怎麼走。

看我吃驚的表情，占卜師篤定地笑了：「那，妳想問什麼呢？」

「我想出國念攝影，但不知道哪個國家對我未來的發展比較好。」我說。

「妳心裡有哪些選擇？」占卜師問。

「美國，英國，法國，西班牙。」我說。

占卜師讓我重新洗牌、抽牌，然後她開始慢條斯理地擺牌、看牌。過了一會，她說：「如果是法國或西班牙，妳會遇到一個很愛很愛妳的男人，有很大的可能會嫁到那邊去，從此過著幸福快樂的生活，但是工作就……可以說是一事無成。美國，妳的攝影工作會很有成就，但妳不會有愛情，感情生活可以說是非常孤單寂寞。英國，妳會在那裡兜兜轉轉好一陣子，最終事業愛情兩頭空，然後妳會很憤恨、很痛苦地離開那裡，甚至希望自己從來沒有踏上過那塊土地。」

離開房間的時候，門外排隊的人更多了，老闆還在遠處和其他人熱絡地聊天，彷彿從來沒有發現我偷偷開溜這回事，我窩在派對角落的沙發上，反覆思索剛剛占卜師跟我說的那些話。二十三歲的我人生才剛開始，我當然渴望愛情，但一事無成的未來光想就讓人覺得頭皮發麻。照這樣看來，熱情溫暖的法國和西班牙似乎不用考慮了；倫敦天氣冷，物價高，一直以來也不在我的 top list 裡。雖然從來就不是一個迷信算命的人，但占卜師的一番話還是在我心中產生了不小的漣漪。

私人派對的奇妙際遇後，我又繼續工作了一段時間，仍舊無法決定該如何踏出我人生的下一步，眼看身邊的同學和朋友們一個個像行星般步上屬於他們的人生軌道，從我眼前呼嘯而過，我的焦慮感與日俱增，幾乎到夜裡輾轉難眠的地步。

就在這個時候，我想起多年前從外國朋友口中得知的 Gap Year（又稱間隔年，外國年輕人盛行在求學或工作中間給自己一年的假期，藉由探索這個世界更了解自己人生的方向），幾經考慮後，我決定給自己一個這樣的機會。

於是，我帶著工作存下來的二十萬積蓄，辭別了疼愛我的老闆，背著一個後背包，在剛滿二十四歲那年冬天，獨自踏上歐洲大陸。

那是一趟有別於我過去所有旅行經驗的旅程，除了迷惘，還有那麼一點趕鴨子上架的味道。我沒有詳細的路線規畫，也不知道自己到底會去多久，我唯一知道的，就是我會去歐洲和美洲；我唯一知道的，就是錢花完了就得回來。

在歐洲的第一個月，拜訪過所有心儀的攝影學校後，我心中的疑惑不但沒有縮小，反而還有越擴越大的趨勢。那之後的日子，我像一抹幽魂，每天照著旅遊書上的指南，茫茫然從一個景點遊蕩到下一個，有時半夜在青年旅社的床上醒來，會一時之間不知自己身在何處，看著隔壁空蕩蕩的床位，眼淚就嘩啦啦掉下來。

在我最低潮無助的時候，我接觸到了沙發衝浪（Couchsurfing）。

這種透過借宿在陌生人家客廳，充滿人情味又深入當地的旅遊方式，慢慢讓我不再焦急著想逃回家。睡沙發的日子每天新奇有趣，總能帶我認識不一樣的人，遇見不一樣的世界，面對陌生的環境，我不再是一個無關緊要的旁觀者，而是一個身在其中的參與者。宿主們跟我分享他們的故事，也和我一起創造屬於我們的故事，我被這一個又一個故事深深吸引著，在歐洲滯留的時間也越來越長。

等滯留到第四個月的時候，我心底開始出現一個催促的聲音，焦急地催促我把這趟旅程遇到的，那些人與人之間，關於情感、希望、夢想、悲傷的故事用一種戲劇化的方式放大後拍成照片。

我於是開始邀請沙發宿主當我的模特兒，把他們的故事拍成一組組攝影作品。這段懵懵懂懂的創作過程中，因為沒有需要向任何人解釋或證明自己的包袱與壓力，竟意外把每個故事中最真實且動人的一面呈現出來，那是我第一次意識到，也許我是有能力用攝影說故事的。

其中我特別喜歡的一組拍攝，是和巴塞隆納一個女陶藝家 Amanda 合作拍攝的作品——The Dream Wedding（夢中的婚禮）。

Amanda 是我的沙發主人，第一次見面，我就覺得她好美，特別想為她拍一組照片。

我們約在美術館前的小廣場，遠遠地，我就看到一個個子嬌小的女孩，她站在幾個比她高的朋友之間，聲音卻是最嘹亮的。濃眉大眼、瓜子臉、留著一頭齊耳黑色短髮的 Amanda 就像個英姿颯颯的公主，彷彿隨時準備好跳上馬背為她國家的榮譽和你兵戎相見，尤其是一起看世足賽的時候，她永遠是那個叫得最大聲，而且第一個跳上酒吧吧檯的人，我問她為什麼要跳上吧檯，她笑：「我這麼嬌小，當然要站在吧檯上，不然等大家激動的時候一站起來，我哪還有機會看到電視轉播的畫面？」

認識久了，才知道就算是全世界最爽朗的人，也有屬於他們的煩惱。三十三歲的 Amanda 想結婚，交往七年的男人卻不願意定下來，兩人總為這件事爭吵，久了 Amanda 也不提了，只是每次經過小公園，看到那些和父母在沙地裡玩耍的孩童時，都會看到 Amanda 臉上由衷羨慕的表情。

所有的朋友都知道，Amanda 痴痴地在等一個可能永遠不會發生的結果。

於是有一天，我鼓起勇氣跟 Amanda 表示，我有一個靈感，想找她當主角。

我說，我看到一個美麗的女孩，穿著純白色的美麗婚紗，拿著色彩鮮艷的花束，在巴塞隆納高聳的城牆裡迷路了。她試圖在這座城市裡尋找她的白馬王子，堅強地走過大街小巷，累了就坐下稍事休息，休息夠了又繼續走。這座城市寂靜空曠，她甚至找不到一個人問路，時間久了，終於忍不住大哭起來，發狂了似地在城牆下奔跑、尖叫……最後，女孩在公園遊樂場的沙地上找到一匹小小的木馬，木馬讓女孩聯想到那讓她朝思暮想的白馬王子，於是女孩安心地在木馬旁邊躺下，沉沉睡去。

聽完這個構想，Amanda 完全沒有被冒犯的意思，她說她很喜歡這個故事，特別喜歡木馬的結局。

於是我們花了一個早上，找到一件清爽的白色洋裝，買了一把鮮花，來到巴塞隆納的舊城區。那時午餐時間剛過，街道逐漸安靜下來，我讓 Amanda 脫鞋，赤腳在街道上遊蕩、奔跑、

《The Dream Wedding》

張望，累了就坐在路邊和花朵說說話，也可以趴在地上睡覺，或對著空曠的街道尖叫。一直到最後，當我們抵達玩具木馬旁的沙地時，Amanda 心滿意足地微笑起來，彷彿一趟歷經風霜的旅程過後，終於見到了她最熟悉的枕頭和床單，Amanda 摟著她的花，閉上眼睛，像鑽進被窩一樣躺進沙地中央。

The Dream Wedding，這是一場發生在夢中的婚禮，新郎永遠地缺席，而新娘被困在自己的執著裡。一直到我離開巴塞隆納，Amanda 和我都沒有再討論過關於她感情的問題，於是我明白，其實，早在那天下午，那個當眾人都睡去，只剩下我們醒著的下午，在虛與幻之間，我和 Amanda 踮起腳尖，手牽著手，如履薄冰地踩上那秘而不宣的悲傷時，就已經把所有該說的話都說完了。

當時已經在歐洲待超過半年的我，正準備照原訂計畫飛往紐約，卻在接二連三奇妙的際遇下，朝另一個完全出乎意料的方向邁進。

在一位英國服裝設計師的合作邀約下，我先飛到倫敦，原本只計畫在倫敦待一個月左右，卻在一次相談甚歡的早餐聚會上，結識了在倫敦念設計的香港女孩 Venus。在聽完我過去半年來沙發衝浪的故事後，Venus主動表示，她暑假要回香港，如果我有意願繼續留在倫敦的話，她未來兩個月都將空著的宿舍房間可以免費借給我住。

雖然當時並沒有要在倫敦多待的打算，但免費住宿的邀約實在太誘人，我不得不把紐約的行程往後延。

坦白說，一開始我對倫敦這座城市的評價真的很差，我覺得倫敦除了天氣不好、物價高以外，還是一個超級冷漠的地方，不管是走在大街上還是睡在沙發宿主家中，都可以很明顯感覺到人與人之間那股強烈的疏離感，友誼更是破天荒難以建立。

但藉由這多出來的兩個月，我開始有機會比較深入地認識倫敦，也漸漸意識到每種文化都有它一體兩面的優缺點。倫敦人的冷漠，雖然讓初來乍到的我感到難受，卻巧妙地在人與人之間設置了一個透明的安全氣囊。倫敦人不熱情，所以他們不會在認識你十分鐘後就開始問一些乍聽之下很親切、實則可能會不小心侵犯你隱私的問題；倫敦人不熱情，所以即使他們打從心底不認同你的作風，也不會自以為是地跑來糾正你衣服該怎麼穿、工作該怎麼選、人生該怎麼過，更不會對你的選擇投以異樣的眼光。

或許因為這樣，倫敦的主流文化並不像其他國際都市那樣鮮明，次文化也發展得相當蓬勃，這樣多元並進的風氣在藝術圈和藝術工作者身上尤其明顯，不管你的風格或想法有多麼與眾不同，都有機會在這裡找到屬於你的一席之地，換言之，倫敦是一個非常適合做自己的城市。

多了這一層看見，我對倫敦的喜愛與日俱增，也開始找機會和當地模特兒、服裝設計師、彩妝師、髮型師們一起合作拍作品，把我腦子裡那些光怪陸離的故事一個個拍成照片，幸運的是，其中幾組作品還被英國當地雜誌相中，受邀刊登在雜誌內頁裡。

那時的我，離家已經超過一年的時間，透過一路走來，和各國藝術工作者還有沙發宿主們合作拍照的經驗，我越來越清楚感受到心中對攝影工作的熱愛，那種感覺，就是雖然知道自己還有很多需要加強的地方，卻不再感到害怕和迷惘。

釐清目標的同時，我也在倫敦結識了與我情同姊妹的彩妝師 Joanne，以及後來成為我男朋友的商品攝影師 Andrew，短短幾個月，倫敦從占卜師口中我最該避之唯恐不及的城市，變成一個適合創作且令我嚮往停泊的港灣。幾經考慮後，我釐清念研究所或許是一項不錯的投資，但卻不是現階段我最想努力的目標，比起念書，我更想先從工作中學習實戰經驗。在徵求家人的同意後，我選擇申請工作簽證留在倫敦，把這座城市當成我追求夢想的起點。

CHAPTER 2

韓國女孩的眼淚

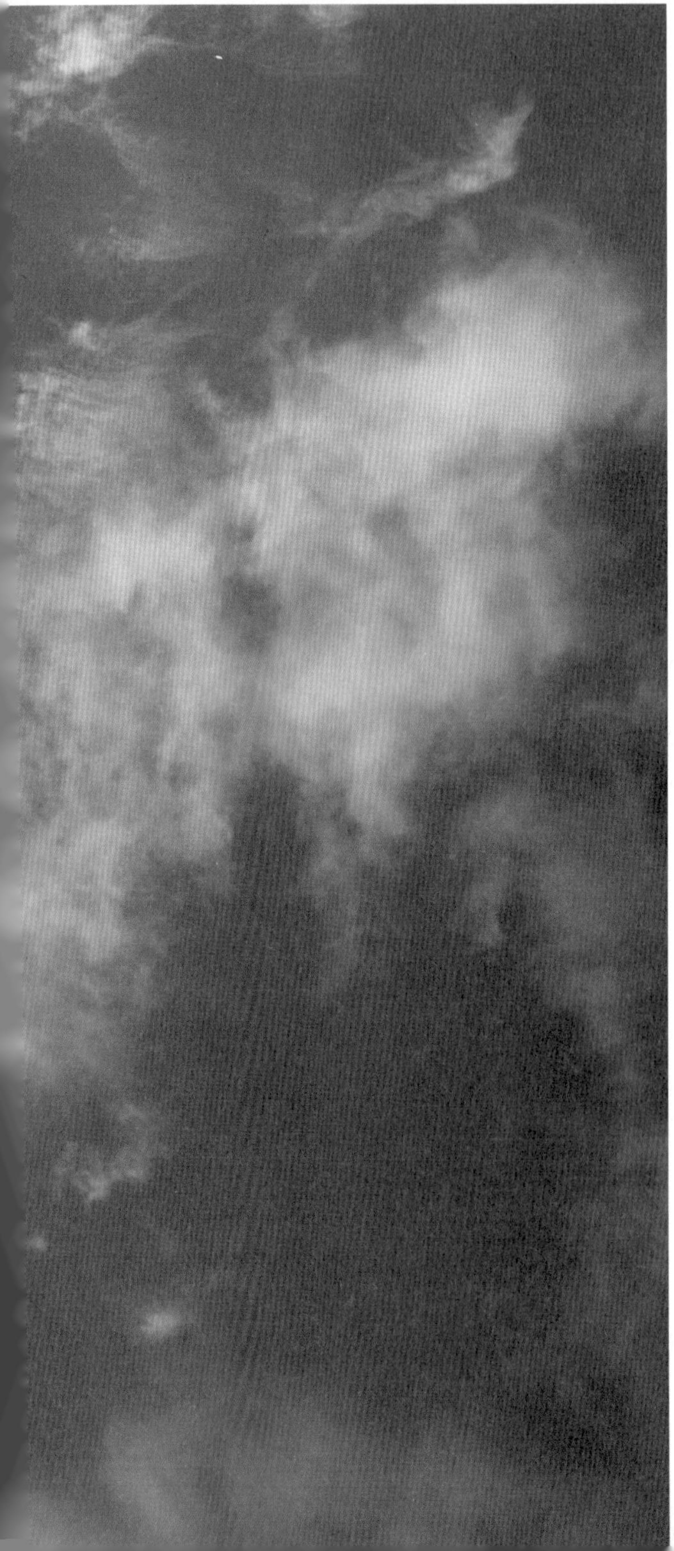

女警把手伸進我的衣服裡，隔著內衣褲搜身，連胯下和屁股間縫都沒放過。緊接著我又被帶到另一個房間，壓了十根手指頭的指紋，還拍了像在電影裡才會看到那種拿字卡的白背景犯人照。

做了未來幾年都要留在英國的重大決定後，我買了從倫敦回台灣的機票，計畫先回台灣，陪陪一年多沒見的家人，也順便休息一下，充充電，等工作簽證下來後再回倫敦。

就在要離開倫敦的前一個禮拜，我接到一份來自阿姆斯特丹的合作邀約，雖然離開倫敦前夕還有許多事要忙，但一想到有人欣賞自己的攝影風格就興奮得不得了，火速買好機票後，活力十足衝去阿姆斯特丹。

因為時間有限，我只在阿姆斯特丹停留了三天，拍攝過程相當順利，甚至還有多餘的時間去拜訪之前旅遊時認識的沙發宿主們。第三天傍晚，我搭上返回倫敦的班機，入境英國海關時，海關拿著我的護照和回程機票，端詳許久，神情有些凝重，然後他問：「自從妳離開台灣以後，去了哪些地方？每個地方都待多久？」

「我先從台灣飛香港，然後英國、法國、義大利、捷克、斯洛伐克、奧地利、土耳其、保加利亞、比利時、荷蘭、西班牙，然後又回到英國，三天前去了荷蘭。」我回答。

海關一邊聽、一邊認真地對照我護照上各個出入境章，然後他拿出一張紙，把每個國家和停留的時間記在紙上，接著他問：「妳去那麼多地方的原因是什麼？錢從哪裡來？」

「我大學畢業後工作了一年，存了大約五千英鎊，這是我的 Gap Year。」我說。

「台灣有工作等妳回去做嗎？」海關問。

「沒有耶。」我說。

「妳在英國待了很長的時間，妳都住在哪裡？都在幹什麼？」海關問。

「我都住在倫敦，除了觀光以外，就是和一些模特兒、服裝設計師們一起合作拍作品。」我說。

「住在倫敦哪裡？」海關問。

「一剛開始都是借住朋友家，後來在東邊租了一個房間。」我說。

「租了一個房間？妳當初入境英國的時候，有計畫要在倫敦租房子嗎？妳當時跟海關說妳要待多久？」海關問。

「我當時沒有計畫要租房子，只打算在倫敦待三個禮拜左右。」我說。

「但妳卻待了五個月。」海關的聲音突然變得有些嚴厲。

「我本來只打算待三個禮拜的，但後來因為認識很多做藝術的朋友，大家合作做作品做得很開心，才會決定要待久一點，想說可以多累積一點作品。」我說。

海關低頭沉思了一會，然後他請我在旁邊的長椅上稍坐一下，我看著那張空蕩蕩的長椅，突然有一種大事不妙的感覺。以往過海關時，常常看到一些衣著狼狽的黑人或一句英文都不會講的中東婦女帶著小孩坐在海關櫃檯前的長椅上，一臉愁雲慘霧的樣子，我從來沒想過有一天我也會被要求坐在這裡。

眼巴巴地看著所有旅客一個個通關入境，我孤單地坐在原地，不一會，一對穿著警察制服的男女走到我面前，要我跟著他們走。過了海關後，我們停在一張平時用來檢查行李的鐵桌前，他們請我把登機箱、大衣以及身上所有的東西都拿出來放在鐵桌上，開始一樣樣仔細地檢查。那種檢查和我們平常在機場遇到的抽查完全不一樣，他們是實實在在地把你行李箱裡每一樣東西拿出來，拆開，攤在桌上審視。我記事本裡的每一頁日誌、還來不及寄出的明信片、錢包裡的每一張發票、相機裡的合照、化妝品、內衣褲，都不是什麼了不起的東西，但我長這麼大，還未曾這般深刻感覺到自己如此一覽無遺地被攤放在別人面前。

行李檢查完畢後，他們把我帶進一個類似辦公室的地方，女警把手伸進我的衣服裡，隔著內衣褲搜身，連胯下和屁股間縫都沒放過。緊接著我又被帶到另一個房間，壓了十根手指頭的指紋，拍了像在電影裡才會看到那種拿字卡的白背景犯人照。我的行李被暫時沒收，而我則被關進一間大約十坪左右，旁邊坐滿走私毒品、夾帶槍械等人犯的拘留室裡。

我被關進拘留室的時候，已經是晚上十一點多了，我像電影裡被關進監牢的人，隔著拘留室的鐵柵欄，驚恐地往外看，第一次體會到那種被人家關起來，無論如何努力掙扎都逃不出去的無力感，但更讓我不知所措的，是那種不知道接下來到底會發生什麼事、等待未知的恐懼。

坐在我旁邊的光頭大漢面相有些猙獰，但早已嚇得六神無主的我此刻只希望有人可以說說話，無論跟誰，說什麼樣的話題都可以，於是我湊近光頭大漢：「我可以請問你，是做了什麼被關進這裡嗎？」

大漢目露凶光地瞪了我一眼：「十年前他們判我終身不得入境英國，結果這十年間我進來了九次，第十次才被抓到……英國海關也真夠笨的了，笨得像豬一樣……嘿嘿嘿……嘿嘿嘿……」大漢自顧自地笑了起來，然後他看向我，眼睛咕溜溜地轉：「妳該不會是持假護照吧？持假護照可是要關十年的喔……嘿嘿嘿……嘿嘿嘿……」

和共搭一條船的人攀談並沒有讓我覺得比較好受，我繼續往拘留室四處張望，突然在一堆大漢中我看到一個很不協調的畫面──一個個子嬌小的亞洲女孩，白白淨淨的臉龐，整齊的妹妹頭，看起來年紀還比我小一些。我像在大海中看到浮木一樣往她衝過去，用英文和她交談，女孩告訴我她是韓國人，她聽到我來自台灣，竟開口說起中文。

「我在韓國念的是中文系。」女孩溫柔地說。

我當場簡直就要哭出來，這一刻已經不是英文好不好的問題了，不管我英文有多好，在飽受一整晚驚嚇後，可以用自己的母語說話，就好像受到上帝特別眷顧一般溫暖。

接下來的一整個晚上，就好像永無止盡的車輪戰一樣，每隔一個小時，海關就把我從拘留室請到一個小房間裡去問問題，那場景和你在家看CSI犯罪現場的審問室沒什麼兩樣：一張桌子，兩張對坐的椅子，天花板上一盞很刺眼的燈，海關和我面對面，同樣的問題重複又重複。夜已經很深了，我累得花容失色，我知道他不斷問同樣的問題是想看我會不會露出馬腳、有沒有在說謊，所以儘管同樣的問題像攪拌機攪成的泥一樣一團團塞滿了我的腦袋，我還是狼狽地打起精神。

海關首先對我旅行一年卻只花五千英鎊這點表示不以為然，我跟他解釋我過得很省，還利用沙發衝浪省下九個月的住宿費用。他問我什麼是沙發衝浪，我說這是一個透過免費招待住宿讓不同文化的人可以更了解彼此的旅行方式。審問我的海關看起來至少有六十歲了，有著一頭花白的頭髮和倔強堅毅的眉毛，我越是試圖解釋沙發衝浪，他的表情就越不以為然。我說如果他可以給我一台電腦，我可以開我的帳號給他看，甚至讓他看我和宿主們通信的內容。海關沒有給我電腦，但他說他會回辦公室花一點時間研究沙發衝浪，乾坐在小房間裡等待的我，對於他會相信沙發衝浪抱持著非常低的信心，畢竟一路上當我和許多年長的長輩們聊到沙發衝浪時，這些長輩都以「天下沒有白吃的午餐」或「此中必有詐」來表示他們對沙發衝浪的看法，更何況是這位看起來如此拘謹保守的英國海關。

過了一會海關回來了，他沒再繼續跟我聊沙發衝浪，只是默默把一張發票推到我面前：「麻煩妳解釋一下這張發票。」

那是一張倫敦知名SM服裝專賣店——Honour 的發票，上面的購物明細包括皮衣、皮裙、皮鞭、吊帶襪、按摩棒和潤滑油。

我解釋這張發票是我和幾個朋友為了要參加變裝派對特別去 Honour 買的裝備，按摩棒和潤滑油則是當天同行的友人為了給男朋友驚喜臨時起意買的，當時朋友手上的現金不夠，我就先代墊了，所以所有的商品才會都打在同一張發票上，而發票也理所當然放在我身上。

因為事實就是如此，所以整件事我說得一氣呵成，中間完全沒有半點遲疑或停頓，但海關卻顯得有些心不在焉。等我說完之後他繞著這個話題又問了好幾個問題，包括我妝為什麼要化這麼濃、衣服為什麼這麼低胸、去阿姆斯特丹是不是還有什麼「特殊」的目的、旅途中要是出了什麼意外家人又來不及支援的話我會不會就近找當地人「幫忙」……遲鈍的我直到這一刻才驚覺他迂迴語意下真正的用意，我突然激動起來，拍著桌子尖聲大叫：「Are you trying to say that I am a prostitute？（你是想說我是妓女嗎？）」

「那是妳自己說的。」海關低著頭，好像有些不好意思似的，刻意不跟我四目交接。

我當下氣到差點腦充血，但又有一種荒謬到想放聲大笑的衝動，要不是當下的情勢頗嚴肅，我說不定還會拉著海關的手感謝他的稱讚。畢竟從小就被歸類為男人婆、小胖妹的我還真不知道自己的身材長相有一天會有機會被別人懷疑我在賣淫。

我的判決書在清晨五點鐘下來了，上面寫著：「即刻遣返阿姆斯特丹」，我拿著那張判決書，心裡五味雜陳，還來不及說什麼，一直陪在我身邊的韓國女孩卻突然哇的一聲大哭起來，我嚇了一大跳，心想被判遣返的人是我，她為什麼要哭啊？

這時女孩才跟我解釋，她的判決書早在我被抓進來之前就下來了。我這才恍然大悟為什麼她整晚都很清閒，沒半個人要找她去問話，原來早就已經都問完了。

原來，韓國也享有英國六個月觀光免簽證，女孩當初只是來倫敦找朋友玩，沒打算在英國待超過一個月的時間，沒想到一來就喜歡上倫敦。

眼看朋友們在語言學校裡學英文，結交各國朋友的生活那麼豐富，女孩不禁羨慕起來，也心生留下來一起上課的念頭，一個月後，女孩報了語言課程，租了房子，正式融入忙碌且充實的倫敦生活，這樣的日子過了三個多月，語言學校裡開始出現傳言，說英國內政部派人臥底在各大語言學校裡調查用觀光簽證入境卻跑去上語言學校的學生，傳言還說，已經有好多學生被抓到並且遣送回國了。

女孩十分擔心同樣的事情會發生在自己身上，但她還想繼續留在倫敦學語言，於是她聽了語言學校的建議，先報了十一個月份的語言課程，訂了倫敦—羅馬來回機票，打算先和朋友去羅馬度一個愉快的週末，等再次入境時她就拿語言學校開的證明跟海關表示自己要申請 Student Visitor（學生遊客）簽證，但等她們回到倫敦時，朋友順利過了海關，女孩卻被擋了下來。

海關翻看女孩的護照時，發現除了四個月前入境英國，和這個星期來回羅馬外，並沒有出入境其他國家的資料，海關於是問她：「過去四個月妳人都在哪裡？」女孩表示自己過去四個月都在倫敦。

四個月都在倫敦觀光？倫敦有那麼多值得觀光的地方可以待到四個月？到底都去了哪些地方、做了什麼？在海關連番有技巧的追問下，女孩曾經用觀光簽證到語言學校上課這件事還是露了餡。

女孩被要求坐在長椅上，也經歷了拘留室的漫長等待，不過，海關從頭到尾只把她請去小房間一次，要她把整件事的來龍去脈再重說一遍。然後，她的判決書很快就下來了，她被判搭乘隔天早上第一班飛機遣返羅馬，而且一年內不得入境英國。

得知判決結果後女孩非常崩潰，她已經繳了十一個月語言學校的費用和房租，身邊只有幾件輕便的行李，所有東西都還放在倫敦的房間裡。過去四個月在倫敦的生活早已讓這座城市變成她生命中相當重要的一部分，她都已經做好準備，滿心期待要在這裡度過接下來的一年，但突如其來的大轉變，把所有的計畫都打亂了。

「沒錯，語言學校或許可以延期，房租也有可能可以討回來，房間裡的東西，朋友也都可以幫我寄回韓國，但是，我很清楚地知道，我再也不會回來這裡了。也許很多年以後因為轉機的關係，或是出差的關係，我還是有可能會經過英國，但我知道我再也不會回來這裡生活了。」女孩哀傷地說。

航空警察過來通知女孩準備登機，我和女孩交換了FB和email，深深擁抱道別離。雖然認識還不到七個小時的時間，卻已經累積了非常深厚的難友情誼，畢竟，不是每個朋友都能體會你被關在鐵窗後那百感交集的滋味。

女孩離去後一小時，航空警察前來通知我準備登機。原本以為他們會把護照跟登機證給我，然後就放我像一般人去搭飛機那樣，也許還有閒暇時間逛逛免稅商店。沒想到我才一走出拘留室，兩位女警立刻一左一右扣住我的手，好像深怕我隨時會拔腿就跑似的，她們帶著我走過一條類似員工通道的長廊，途中好幾次我看到工作人員推門走出通道，通道外就是來來往往的各國旅客，以及讓人再熟悉不過的免稅商店街。我想起三天前離開倫敦前往阿姆斯特丹時的我也是這樣穿梭在各國旅客之間，漫無目的地閒逛著，突然有一種恍如隔世的感覺。

女警們帶著我來到登機門前，登機時間還沒到，櫃檯前空蕩蕩的，只有一個空服員在做一些事前準備的工作。女警們和空服員打了簡單的招呼後，一路將我護送進機艙，直到我在位子上坐好，扣上安全帶為止，機艙裡空無一人，女警們把我的護照和登機證交給機上一位空服員，囑咐那位空服員要等飛機升空後才能把護照還給我，然後她們就離開了。

飛機升空以後，空服員把護照還給我，我翻開護照，看到我英國入境章的正中央被畫上一個刺目的黑色十字，我突然感覺到一股很深很深的疲倦，我好睏，卻怎麼也無

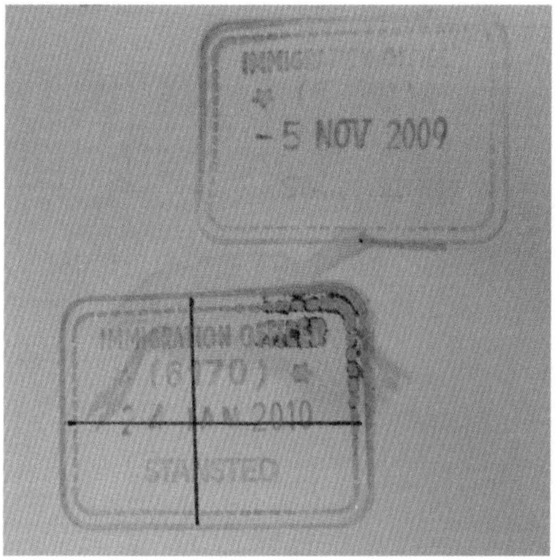

法把眼睛閉上，倫敦飛阿姆斯特丹那短短一個小時的航程，就在我呆呆望著窗外風景中度過。

早上八點，我的班機在阿姆斯特丹史基浦機場降落，海關是個看起來約三十歲上下、態度爽朗的金髮帥哥。他接過護照，精神抖擻跟我道了聲早安，那興高采烈的程度讓我一瞬間搞不清楚自己到底是身在海關還是在麥當勞櫃檯。

金髮海關翻閱我護照上的出入境章時，露出一絲困惑的表情：「咦？妳不是昨天才從我們這裡離開嗎？怎麼這麼快又回來了？」

飽受驚嚇兼睡眠不足的我勉強對金髮海關擠出一絲無奈的苦笑：「我想入境英國，但被英國遣返了。」

「喔！原來是這樣啊！」金髮海關露出一個恍然大悟的表情，他的態度依舊很爽朗，沒有如我預期地換上一張凝重、嚴肅、檢視罪犯的嘴臉，他拿起手邊的入境章，翻開護照上的空白頁，飛快地在我護照上蓋了一個章，然後笑嘻嘻地把護照還給我：「去他的機車英國，我們荷蘭歡迎妳！」

我就這樣呆呆地在原地站了一秒鐘，等我終於回過神伸手去接護照時，彷彿已經冰凍了一個世紀的微笑，浮上了我的臉龐。

三天後，我買了從阿姆斯特丹回台灣的機票，看著飛機上航空衛星地圖一路穿越歐洲，那一個又一個再熟悉不過的城市，我想起過去一年多在歐洲流浪的點點滴滴，每個畫面都如此清晰鮮活，彷彿是昨天才剛發生的。

回到台灣，我開始著手申請工作簽證，等待簽證下來的那段時間，每天心裡都七上八下，就擔心遣返紀錄會影響我的簽證結果，好險簽證最後還是順利下來了。七個月後，就在我剛滿二十六歲生日的隔天早上，我搭上飛往倫敦的班機，而我最害怕的事情果然又發生了。

這次把我攔下來的是個女海關，她拿著我的護照，對著電腦飛快地打了幾個鍵，然後用一種不悅的神情看我：「妳被遣返過？」

「是的。」我點頭。

「妳為什麼換了新護照？是刻意想隱瞞妳曾經被遣返的事實嗎？」她不滿地瞪著我。

「我舊的那本護照明年就要過期了，辦事處的人跟我說我必須換一本新的才能申請工作簽證，我沒有想要刻意隱瞞什麼的意思。」我說。

她看了我一眼，還是有一點不以為然的樣子：「妳上次為什麼被遣返？」

我深吸了一口氣：「因為第一次入境時我說我只要待一個月，後來卻待了五個月，海關擔心再放我進去，我也許又會有多待的狀況發生。」

她意味深長地看了我一眼，然後她說：「去旁邊的長椅上坐著。」

聽到長椅我有種挨了一記悶棍的感覺，原本以為簽證都拿到了，入境應該不會有什麼問題，但看來似乎不是這麼一回事。我坐在長椅上懊惱地想，早知如此當初就應該買台灣飛巴黎的機票，再從巴黎搭歐洲之星去倫敦，這樣一來如果真的被遣返的話，還不至於一口氣就被遣回台灣，不然這趟機票錢實在花得太冤枉。

旅客都出關後，有人走上前來把我領進海關櫃檯旁一間小辦公室裡，剛剛那個女海關坐在辦公桌前，正專心在看一份文件。她看到我走進來，招手要我坐下，態度比起方才柔和許多：「我看過妳的遣返報告了，沒有什麼太大的問題，不過我很好奇，報告書上說妳表示妳只花了五千英鎊就在歐洲旅行了一年，妳是怎麼做到的？」

我的表情變得有些尷尬：「不知道妳有沒有聽過……沙發衝浪？」

「喔！」女海關睜大眼睛：「有，我有聽過。」

「我靠沙發衝浪省下九個月的住宿費，還有一部分的住宿靠朋友接待，除此之外，吃和玩方面我都過得很節儉。」我努力擺出一張很誠懇、企圖讓她覺得我不是在胡說八道的臉。

「原來如此。」女海關點點頭：「那沒事了，我送妳出去。」她拿起入境章，砰地一聲把章蓋在我的護照上，伸手把護照還給我。

女海關一路送我到入境大門：「就送到這裡了。」她說。

「謝謝。」我感激地說。

女海關突然壓低聲音，有點頑皮地對我眨眨眼：「我也是CS（沙發衝浪）的會員喔。」

我傻住，一時之間不知該做何反應，女海關隨即恢復先前的嚴肅表情，轉身往回走去，我望著女海關離去的背影，突然有一種腳軟的感覺。

CHAPTER 3 開膛手傑克的鄰居

據說當年他都會從沙德韋爾步行到白教堂那邊去殺人，你們知道啊，外國人最講究生活品質了，工作和居住的地方一定要分開才行。

STUDIOS
EC2A 3DT
QUARTERS
steve smyth

取得工作簽證，回倫敦的首要大事就是找房子棲身。

過去在倫敦沙發衝浪的那段日子，我睡過好多不同的沙發，從上千萬的頂級豪宅到流浪漢聚集的空屋，東南西北都有我的蹤跡，當時對倫敦的地價與居住環境並不了解，只隱約覺得西邊和北邊的房子大多是純住宅，居民也以白人為主，而東邊和南邊的人種就顯得比較多元，有大量中東人和黑人，住商混合程度高，往往住家樓下就是炸雞店或水果攤，很有亞洲的熱鬧氣氛。

後來才知道，在大部分英國人眼中，西倫敦和北倫敦是比較理想的居住區域，而東倫敦和南倫敦就不是那麼討喜。構成東倫敦和南倫敦不受歡迎的原因不太一樣，南倫敦主要是治安問題，話說倫敦最初被開發的時候，人們主要的活動範圍都在泰晤士河以北，相較之下，一片荒蕪的泰晤士河以南就成了窩藏罪犯以及各種違法交易進行的場所，曾經是連警察都不敢擅自踏入的三不管地帶。

東倫敦的問題則是貧窮。歷史上東倫敦一直是倫敦城裡擁有最多貧民窟的地區，長年被當成廉價勞工和外來移民的大本營，街道髒亂擁擠，衛生條件差到不行。

十八世紀工業革命後，倫敦大量蓋起工廠，這些煤炭燃燒過後排放到空氣中的廢氣十分驚人，在考慮到英國位於盛行西風帶，風的方向是由西往東吹，政府決定把工廠全部遷到位於下風處的東倫敦。據說當時霧（廢氣）大到東倫敦的居民連自己住的房子和鄰居的臉長什麼樣子都看不清楚，一九五二年冬天一批二氧化硫從工廠被排放出來，引起周遭居民大量支氣管哮喘和窒息，一夕之間就殺死了超過四千人。

雖然今天的南倫敦早已開發，東倫敦的空氣污染也因一九五六年通過的空氣清潔法獲得改善，但這兩個區域一直到今天都還是被歸類為比較複雜的地帶，我就曾經在南倫敦的布里克斯頓（Brixton）地鐵出口目睹槍戰，身邊也有許多朋友在東倫敦街頭被歹徒當街搶走相機和包包。

不過俗話說的好，殺頭的生意有人做，賠錢的生意無人做，隨著倫敦急速擴張，藝術家們再也沒有辦法負擔市中心的高額房租，自一九七〇年起，東倫敦低廉的租金和寬敞的工業用倉庫，吸引了大批藝術家、音樂家、設計師們甘願冒著不安全的風險，也要來此定居、進行藝術創作，緊接著，廣告公司、樂團、藝廊、服飾店如雨後春筍般出現。

我和彩妝師Joanne、服裝設計師Alice約好一起找房子，我們三個搞藝術的，當然嚮往住在藝術氛氛濃厚的東倫敦，而且一心想找知名復古雜貨市集——紅磚巷（Brick Lane）附近的房子，但沒想到隨著近幾年東倫敦被哄抬成時髦的象徵，過去對東倫敦避之唯恐不及的銀行家和雅痞們紛紛選擇在此租屋，房租也跟著水漲船高。

我們花了整整兩個禮拜的時間跟著房屋仲介在紅磚巷附近看房子，絕大部分的房租都超出我們的預算，至於那些稍微符合我們預算的，看起來都有點像懸疑片裡會出現的命案現場，不是房子外面的走道上堆滿陳年垃圾，就是不知道從哪裡流出來，沿著階梯涓涓而下的臭水。不過最可怕的，還是看屋看到一半突然從房間裡走出來，一邊用手抓雞雞一邊用令人毛骨悚然視線將你上下打量一遍的古怪房客。

Development by
Neptune Grou
#occupyGezi

川流不息、充滿個人特色的人潮是東倫敦最綺麗的風景。

當我們三個人都已經對找房子這件事感到萬念俱灰時，仲介帶我們來到沙德韋爾（Shadwell）車站附近的那間小公寓。

沙德韋爾距離紅磚巷走路差不多要十五分鐘，已經大大超出我們剛開始期望的生活圈，但因為那間小公寓樓層高，採光好，窗外吹來的徐徐涼風讓人心曠神怡，室外的走道乾乾淨淨，價錢也合理，已經快要因為找房子罹患恐慌症的我們一致同意就是這裡了。

搬進沙德韋爾那天下午，Alice 的男朋友過來幫忙，大家一邊拆行李一邊閒聊，他突然提到前幾天在電視新聞上看到沙德韋爾被列為倫敦前三名的高危險區，我們三個愣了愣，拆行李的動作突然緩慢下來。

「我之前參加開膛手傑克徒步之旅的時候，有聽導遊說過，專家推測開膛手傑克應該是住在沙德韋爾，據說當年他都會從沙德韋爾散步到白教堂（Whitechapel）那邊去殺人，你們知道啊，外國人最講究生活品質了，工作和居住的地方一定要分開才行。」我試圖講笑話緩和氣氛，不過似乎沒有人覺得好笑。

沙德韋爾是個以中東家庭為核心的鄰里，我們家附近的商店一律是中東人開的，走進雜貨店裡，很明顯就可以看出家庭式經營的風格，店員全都是家中成員，有的時候是爸爸配叔叔，有的時候是哥哥配弟弟。我家附近還有一個很熱鬧的中東市場，走進那個市場很容易給人置身伊斯蘭世界的感覺，穿著長袍、裹著頭巾的婦女，一攤又一攤中東水果和食材，肉店裡的肉販則一邊殺雞一邊聽收音機裡播放的可蘭經。

每天回家的路上。

不像我跟 Joanne，Alice 是第一次到倫敦，剛搬進沙德韋爾那陣子每次到家裡附近買東西時，Alice 都會用一種開玩笑的口氣質問我：「美恩，妳就跟我實話實說吧，這裡是中東，不是倫敦對不對？不然為什麼我走在街上連一個白人都看不到，只看得到中東人呢？」

二〇一一年八月倫敦發生暴動，離我家不遠的紅磚巷氣氛緊張，警車的警笛聲此起彼落，許多商家的櫥窗被砸爛，街上的垃圾桶和汽車遭到破壞和縱火，監視器拍到有人在馬路上公然行搶和揍人的畫面，大家都嚇壞了，超級市場貨架上的食物和補給品隨即被搶購一空。兩相比較之下，沙德韋爾的氣氛卻安詳得像在過聖誕節一樣，店照開，東西照賣，人們照常閒散地在馬路上走來走去，空氣中沒有一絲躁動的氣息，不過平時只有兩個人在顧的雜貨店裡突然坐滿壯漢，從爸爸、兒子、叔叔伯伯一路到表兄弟，六、七個大男人密密實實地把店填滿。說實在的，如果我是暴動起事者，我也不敢惹沙德韋爾這邊走家庭團結力量大路線的中東大叔們，畢竟這麼堅不可摧的實力陣容，肯定是頭殼壞去的人才會把主意動到他們身上。

不過真正讓人感到驚魂的，其實是住在同一個屋簷下的室友。

除了我們三個女生外，小公寓裡還住了一個英國男生——Jack。

據說 Jack 的工作是電腦工程師，不過根據我們的觀察，Jack 從來就沒有出門上班過，於是我們推測，Jack 應該是那種在家上班的電腦工程師。

其實 Jack 這個人挺可愛的，而且十分健談，雖然跟他聊天的時候，常常會覺得他說的話有些無厘頭，還常常回答一些牛頭不對馬嘴的答案，不過最詭異的還是 Jack 常常一說話就停不下來這件事。正常人寒暄大多是你一言，我一語，頂多氣急敗壞的時候多抱怨個五分鐘，而且一看對方神色不對馬上就會停止，但 Jack 卻很容易一口氣連續講十分鐘的話不中斷，而且就算對方試圖打斷，他也不會察覺。

剛開始我們都很有禮貌地按捺著，放空站在那邊讓他把話說完，但後來發現，即使我們開始動手做其他事，或者直接走掉，Jack 卻彷彿沒有發現似地站在原地繼續說個不停。

除此之外，Jack 房間裡常常飄出疑似大麻的菸味。不過住在倫敦，誰不認識幾個抽大麻的朋友，我們倒也不覺得這是什麼值得大驚小怪的事情。

有一次我在廚房洗碗，Jack 在一旁煮飯，那天 Jack 看起來有點亢奮，一副敞開心胸什麼都能聊的樣子，聊著聊著我們的話題不知怎麼的就聊到毒品上，我問 Jack 到底是不是有在兼差賣大麻，不然怎麼一天到晚都有各式各樣的陌生人來家裡找他，待的時間也都不長。Jack 大笑，一臉很得意的樣子，他說他才不賣大麻那麼遜的東西呢，他賣的是古柯鹼。

我說我不相信，要 Jack 證明給我看，Jack 讓我進他的房間，把一包一包粉末狀的古柯鹼拿出來給我看。

「要不要試試？這可是派對上搞 high 氣氛的絕佳法寶呢！看在同住一個屋簷下的份上我可以算妳便宜一點。」Jack 說。

我整個人都嚇傻了！沒錯，住倫敦的人誰不認識一、兩個抽大麻的朋友，雖然我對毒品的了解不深，也知道古柯鹼肯定要比大麻高級多了。婉拒 Jack 後我倉皇逃回房間，把整件事的經過說給 Joanne 和 Alice 聽，大家都嚇死了，開始幻想有一天警察突然破門而入，把我們全都逮捕，我們一邊哭喊著「不是我、不是我，賣古柯鹼的人是 Jack 不是我」，一邊被押上警車。

這件事非常棘手，我們跟房東報告之後，房東也嚇壞了，急著想趕快叫 Jack 搬家，卻不知道該用什麼理由才好，畢竟如果提到古柯鹼的話，Jack 就會知道是我告的密。

每天來家裡找 Jack「買東西」的人還是很頻繁，我們都怕得要死，深怕哪一天 Jack 不小心嗑藥嗑太凶死在家裡，屍體發臭，或者其中一個客人嗑得太 high 產生幻覺衝進來砍人或做一些不堪設想的事，總之我們這方面的幻想異常豐富，每天都過著提心吊膽的日子。

直到有一天，我們擁擠的小公寓裡突然多出了一位陌生人，這位陌生人會在我們家裡洗澡，也會在廚房裡煮飯，我們都知道這位陌生人是 Jack 的朋友，因為他每次洗完澡煮完飯就會默默走回 Jack 房間。

陌生人在我們家定居兩個禮拜後，我跟 Jack 又在廚房裡相遇，聊起這位朋友時 Jack 居然說：「他不是我朋友。我看他睡在街上，好像很可憐的樣子，就問他發生什麼事了，他說因為染上毒癮，把所有的錢都花在毒品上，還騙家人的錢，搞得眾叛親離，無處可去，才會睡在街上。我看他那麼慘，就把他帶回來了。」

關於陌生人的故事就像最後一根稻草一樣，把我們三個女生最後一絲理智壓垮了。賣古柯鹼已經夠恐怖了，還帶一個身無分文的毒蟲回來家裡住，我們以後的日子到底還要不要過啊？

我們開始拚命打電話騷擾房東，逼他一定要想辦法讓 Jack 走，最後房東胡亂搪塞了一個衛生習慣太差的鳥理由把 Jack 轟走了，並告知我們下一位要搬進來的房客是附近知名大學的教授，絕對安全！

大學教授也是英國人，看起來大約四十五歲左右，高高瘦瘦，斯斯文文，很有幾分雅痞的味道。他搬進 Jack 房間後的某一天晚上，我們聽到他房間裡傳來玻璃瓶撞擊的匡啷聲，我要去廚房煮晚飯的時候，剛好看到他氣呼呼地打開房門，把好幾個空的烈酒酒瓶放在房門外的走道上。

「怎麼了嗎？」我問。

「之前那個房客好誇張，留了一大堆空的烈酒酒瓶在房間裡，簡直就是個大酒鬼。」大學教授說。

「是喔，辛苦你了。」我表示同情，心裡卻感到有些疑惑，Jack 搬出去之後房東有照程序請清潔阿桑來打掃過，我們三個還趁大學教授搬進來之前的空檔偷偷溜進去參觀了一下，當時也沒看到房間裡有什麼烈酒酒瓶，再加上之前跟 Jack 住在一起的半年當中，除了疑似大麻的菸味外，我可從沒在 Jack 身上聞到任何酒味。

兩天後，我修圖修到一半，有人敲我房門。

我開門，一股濃烈的酒味撲鼻，大學教授站在門外，看起來有點魂不守舍：「妳有菸嗎？」

「我有，不過是薄荷口味的涼菸喔，你敢抽嗎？（很多男孩子都不敢抽薄荷口味的涼菸，據說會傷害性功能）」我說。

「可以，什麼都可以。」大學教授急切地說。

我給了他一支菸，只見他拿過菸立即走到大門外的露天陽台上抽了起來，才抽沒兩口，他表情一變，臉上出現暴怒的表情，他把菸抽出嘴丟在地上，破口大罵：「Fuck，Fuck，Fuck。」

我聳聳肩，無奈地把頭縮回房間裡去。

隔天晚上，又有人敲我的房門，敲的方式很急切，帶有一種壓迫的意味。我打開門，是大學教授，他手上拿著一瓶伏特加和一瓶柳橙汁，整個人聞起來酒氣沖天：「謝謝妳昨天請我菸，為了答謝妳，我請妳喝酒！」

我表示非常感謝他的好意，但我正在幫客戶趕圖，沒時間喝酒，正當我要關門的時候，大學教授突然用他的手把門擋住：「放鬆一下啊，中國姑娘，幹嘛這麼嚴肅呢，我都說了要請妳喝酒，不要給臉不要臉！」

我又跟他說了好半天，才好不容易把他勸回房間，隔天早上，我發現他房門口多了好幾個空的烈酒酒瓶。

當天晚上，我們打電話給房東，跟他說新搬進來的大學教授是個酒鬼，房東不相信，說他可是知名大學的教授，看屋和簽約的時候都彬彬有禮，絕不可能是酒鬼，就算真的有喝酒，英國人普遍喜歡小酌一下，也不是什麼大不了的事情。房東甚至表示他覺得我們幾個女生太過神經質，一天到晚大驚小怪，疑神疑鬼，一下懷疑人家在賣古柯鹼，一下又懷疑人家是酒鬼，根本捕風捉影。

沒想到第二天晚上大學教授又帶著伏特加來敲我房門，他看起來喝得比前一天還醉，酒味更重，態度更差，每句話都帶 Fuck，還直接動手想把我拉進他房間。Alice 和 Joanne 都被他的大呼小叫從房間引到走廊上，我們試圖跟他理論，請他別再來騷擾我們，但他整個人發酒瘋發得一塌糊塗，完全無法溝通。

那一晚鬧了將近三個小時，好不容易大學教授累了，才搖搖晃晃回他的房間。

我們回到房間以後，Joanne 拿出手機，按了影片播放鍵，原來剛剛從頭到尾躲在我跟 Alice 身後的 Joanne 雖然默不吭聲，卻已經偷偷用手機把剛剛大學教授跟我們對峙的過程全都錄下來。影片裡大學教授滿嘴 Fuck 又動手動腳，強行要把我們拉進他房間裡的畫面全都錄得一清二楚，隔天我們把影片寄給房東，沒兩天大學教授就被房東掃地出門。

大學教授搬走後，清潔人員從他房間裡打掃出將近二十瓶空的烈酒酒瓶。

雖然我家在全國安全性的評比上得分頗低，又有這麼一些恐怖的經驗，但在我看來全倫敦最酷、最隱密、最不為人知的幾個景點，竟然很奇妙地都出現在我家附近。

我家後面有一條快速道路，穿過快速道路，就正式從沙德韋爾進入瓦平（Wapping）。瓦平和沙德韋爾是兩個完全不同的世界，沙德韋爾的房子都像國宅，單調，老舊，局促，空氣中永遠瀰漫著濃濃咖哩香氣，孩子們嬉鬧的聲音此起彼落。相較之下，瓦平的房子氣勢磅礡且充滿設計感，街道上鋪滿十八世紀保留至今的古老石塊，空氣中瀰漫著一股遺世獨立的漂泊氣息。

座落於泰晤士河北岸的瓦平，是十九世紀倫敦著名的貨輪港口，一棟又一棟沿河岸林立的巨型倉庫裡裝滿來自東方的香料和茶葉，當時街上擠滿了來自世界各地的水手，相較於倫敦城中彬彬有禮的階級社會，充滿著濃厚海上風情，水手式浪漫的瓦平宛如另一個世界。

二次大戰期間，德國轟炸倫敦，瓦平是主要重創區，曾經繁榮的景象在一夕之間化為廢墟，從此一蹶不振，直到八〇年代一批聰明的建商看上當年存放貨物的大型倉庫，並將這種挑高寬敞的空間改建成頂級豪宅，瓦平搖身一變成為許多富豪和銀行家們最愛的時髦居所。

瓦平是全倫敦我最喜歡的地方，也是我平時散步、想心事的秘密基地，每次有朋友來倫敦拜訪我，我一定會帶他們去瓦平走走，並拜訪我最喜歡的兩個秘密基地——由藝術家茱兒絲·萊特（Jules Wright）一手打造的「瓦平計畫」（The Wapping Project）和維多莉亞時期保留至今的「威爾頓音樂廳」（The Wilton Music Hall）。

瓦平計畫的前身是座落在泰晤士河岸邊的水力發電廠，一八九〇年開始營運，一九七七年因為倫敦改用火力發電而遭到關閉。這座巨大的磚紅色建築物從此沉睡，直到十六年後藝術家萊特將它喚醒。

當時萊特正試圖在倫敦尋找一個適合表演的場所，透過朋友介紹，她來到東倫敦這座被廢棄已久的水力發電廠，門上的鎖孔因為多年來都未曾開啟早已鏽蝕變形，守門的管理員試了二十幾次仍無法把門打開，就在幾乎快要放棄之際，大門被打開了，而萊特則遇見她此生見過最美麗的風景。

據萊特描述，她覺得自己當時彷彿置身仙境當中。工廠裡一座又一座巨大的機器全被厚厚一層苔蘚覆蓋，屋頂破了一個大洞，陽光從洞外灑下來，像千萬顆金色的珍珠在偌大的空間裡跳躍著，地上遺落了許多當年工人們工作時使用的鋼杯，一朵又一朵色彩鮮艷的香菇從杯口長出來，宛如世界末日般，頹廢又妖嬈的美。

萊特從那一刻起愛上這座廢墟，愛上這裡不可思議的衝突和可能性，整座建築物好像一個神奇的有機體，擁有它自己的秘密與生命。表演結束後，萊特決定將這座前水力發電廠買下，將它打造成結合了展覽空間和餐廳的藝術殿堂，二〇〇〇年開幕時向全世界公布這座夢土的新名字——瓦平計畫

瓦平計畫雖然充滿傳奇性，但或許因為離市中心有段距離，位置又偏僻隱密，知道它的人並不多，我也從未在任何旅遊書上看過關於它的介紹。會發現瓦平計畫，並不是因為它離我家很近，而是男友 Andrew 帶我去的。

剛開始約會那陣子，有一天吃過晚飯後，Andrew 說要帶我去一個特別的地方，我坐上他重型摩托車的後座，戴上全罩式安全帽，十分鐘後，摩托車在夜色裡滑進瓦平窄小蜿蜒的街道。兩旁高大的建築物聳立，一種寧靜的壓迫感，摩托車在古老的圓石頭路上一顛一顛，彷彿中古世紀的馬車，列入我眼簾的，是一棟包裹在樹海當中的巨大磚紅色建築。

當時天色已經黑透了，但建築物內並沒有半點燈光，取而代之是上百根被燃起的蠟燭。巨大的青銅色機械前，人們仰著臉、捧著酒杯低聲細語，熠熠生輝的燭光從室內擴散到室外的草坪上，站在外面的我，早已經看呆了。

photo from The Wapping Project

THE HYD AULIC
ENGINEERING MPANY LTD
CHESTER & L ON

瓦平計畫的白天和夜裡宛如兩個世界，如果時間許可，我會希望能帶朋友體驗這兩種不同的風情。

除了把部分空間作為餐廳使用，萊特也把水力發電廠原本的鍋爐室變成一個相當獨特的展覽空間，這個約兩層樓高，沒有任何窗戶的巨大鐵盒子從此成為倫敦知名的展覽場地。萊特在展場設計上的才華享譽國際，鍋爐室定期推出各式各樣的展覽，展場設計都由萊特一手包辦。我常覺得，與其說來這裡看展出的作品，不如說來看萊特如何把展出作品和場地打造成一個異想天開的奇幻空間。

二〇一一年鍋爐室展出名設計師山本耀司（Yohji Yamamoto）設計的巨大結婚禮服。為了這個展覽，萊特大手筆請人依鍋爐室大小量身訂做一個可以盛水的鋼板容器，再灌入五公噸的水，讓鍋爐室當場變成一片汪洋的水池。

她將禮服頭朝下、裙襬朝上地懸吊在鍋爐室的鋼梁上，搭配日本知名燈光設計師 Masao Nihei 設計的燈光，每個走進鍋爐室的人，不論先前的情緒如何高昂，都會立即被現場的黑暗與空洞氣氛吞蝕。平靜無波的水面上，一席巨大的禮服彷彿以下墜之姿朝那看似深不可測的水池墜落，但隨著目光往水面望去，那白色婚紗在水中的倒影卻宛如一個正緩緩上升的人影，錯置的觀賞角度讓人分不清虛實，彷彿一場永無止境的夢境輪迴。

不過比起充滿實驗精神的瓦平計畫，我其實更迷戀自維多莉亞時代保存至今的威爾頓音樂廳。同樣距離我家不到十分鐘的步行路程，卻因為其隱密的地理位置，鮮為人知的程度更勝瓦平計畫，不僅已經在倫敦住了二十幾年的 Andrew 不知道，就連許多資深的計程車司機都表示未曾聽過。

每十分鐘就自動產生的震動為原本平靜的水面創造出一圈圈波紋，讓倒映在水面上的禮服奇異地扭曲變形，
萊特企圖用這樣的空間藝術比喻山本耀司這位天才設計師對西方近代服裝產業所造成的巨大撼動。

關於威爾頓音樂廳的故事，同樣得從十九世紀開始講起。

當時在碼頭工作的水手大多都喜歡唱歌，一間叫 Prince of Denmark 小酒吧的老闆看準商機，定期在店裡舉辦類似今天的卡拉ＯＫ大賽，很快地這間小酒館就被參賽和觀賽的水手們擠爆，迅速成為當地最受歡迎的新興地標。

一八五八年，企業大亨約翰．威爾頓（John Wilton）看準了 Prince of Denmark 的前途無量，一口氣將小酒館和旁邊連著的三間民房買下，改建成酒吧，並把後院的圍牆拆掉，蓋起一座華麗的音樂廳。威爾頓的野心很大，他企圖將這間小酒館打造成當時全倫敦最豪華的音樂酒吧，並將建築物改名為威爾頓音樂廳。

威爾頓果然成功了，當時不只遠在西倫敦的上流階級前仆後繼慕名而來，更成為世界各地水手們傳唱的朝聖地。據說當時遠在舊金山的水手們不曾聽過倫敦鼎鼎大名的聖保羅大教堂，卻一定知道宛如傳奇故事般的威爾頓音樂廳。

好景不長，一八七八年的一場大火，燒去了威爾頓音樂廳曾有過的美好時光，從那之後威爾頓音樂廳多次易主，經歷過傳教士宿舍、囤貨倉庫，甚至人肉市場等多舛的命運，二戰期間更遭德軍戰火攻擊，戰後一度被倫敦政府列入拆除計畫，卻在各界人士的反對聲浪中倖存下來，並於一九九九年重新開始營業。

上圖｜威爾頓音樂廳的大門。　下圖｜威爾頓音樂廳的座位區，氣氛超溫馨舒適，每次和朋友在這裡聊天都可以聊好久。（photo by James Perry）

在一次朋友的生日派對上，我結識了平面設計師 Eric，他問我住倫敦哪裡，我回答沙德韋爾。

「你們家附近有一個很厲害的地方，叫威爾頓音樂廳，妳知道嗎？」Eric 問。

我一臉茫然地搖頭。

「我晚點帶妳去看看吧，妳是攝影師，肯定會喜歡。」Eric 說。

派對過後，我跟 Eric 乘著晚風一路散步到東倫敦。威爾頓音樂廳雖然離主要幹道不遠，卻隱密地躲藏在一排民宅背後，一般人經過的時候根本不會有機會走到後面去，更不可能發現這間酒吧的存在了。

當我們拐進威爾頓音樂廳座落的那條小巷時，遠遠地，我就看到柔和溫潤的橘黃色燈光從酒吧窗台滲透出來，一點一點灑在門前的石頭路上。夏夜的倫敦，酒吧斑駁古樸的大門和外牆，給人一種時光凍結的感覺，彷彿歲月對這條街特別仁慈，讓它永遠活在一百多年前，它最美麗的那一刻裡。

推開厚重的木造大門，這裡的工作人員有一種特別親切的隨性，酒吧區的座椅溫馨舒適，給人一種走進自己家客廳的怡然自得，不知怎麼地，威爾頓音樂廳就是給我一種安心的感覺。

「我特地帶我朋友來這裡，不知道可不可以讓她看看音樂廳？」Eric 問工作人員。

「音樂廳只有表演的時候才對外開放，現在是鎖起來的耶。」工作人員有些抱歉地說。

「那也沒辦法了。」我無奈地聳聳肩。

我個人最喜歡的小角落，這張沙發每次一坐下就捨不得站起來。

「不然這樣好了。」工作人員突然想到什麼似地說：「我沒辦法開門讓妳進去，可是可以讓妳從二樓的門縫看看劇院的模樣，這樣好嗎？」

我隨工作人員踏上通往二樓的階梯，二樓的角落有一道上了鎖的大門，勉強把門拉開後，可以透過門縫窺看裡面的戲院。我把頭湊近那個小小的門縫，雖然是極有限的視野，但當那座斑駁美麗的古老劇院出現在我眼前時，我還是整個人都呆住了。這座音樂廳，滄桑得驚人，也因此美麗得驚人，我雙手拉著門框，總覺得，只要能把手再往裡面伸一點，再多接觸到一些音樂廳裡的空氣和塵埃，似乎就可以抓到一百多年前那些在這裡狂歡享樂人們的衣角，那些人們的喧譁聲，舞台上的音樂聲，還有屬於那個年代的溫度與氣味。

後來，我終於買到威爾頓音樂廳的戲票，不為那場戲，只為了想走進音樂廳。那天晚上，我隨著漫長人龍排隊進入音樂廳，心臟因緊張而怦怦作響，等我終於走進音樂廳時，音樂廳滄桑美麗依舊，但或許因為多了太多穿T恤、牛仔褲的現代人穿梭其中，我的悸動反而沒有當時透過門縫偷看來得深刻。

我確實深愛著威爾頓音樂廳，如果說瓦平計畫是萊特前世的情人的話，那威爾頓音樂廳就是我前世的情人。又或者說，我迷戀的是那個充滿水手、妓女、航海冒險、人們駕著四輪馬車衝過倫敦大街小巷、紙醉金迷、四海為家的年代。

據工作人員描述，當年搭建這座劇院時，是英國最繁盛輝煌的維多莉亞時代，劇院裡面的每一寸裝潢，都是當時最頂級的，牆壁上那些宛如古畫般的油彩，是由珍貴的 pale blue（蒼白藍）和 salmon pink（鮭魚粉紅）兩種顏料漆成的，旁邊裝飾用的樹葉，都是黃金打造的。

現在的威爾頓音樂廳秉持著當年音樂廳一貫的精神，定期舉辦各種表演，你可以在這裡觀賞到戲劇、舞蹈、魔術、聲樂甚至馬戲團的演出，除此之外，這裡也是許多知名電影的拍攝場景。

CHAPTER 4

那些工作時發生的事

這裡攝影師跟助理之間的關係比較像朋友或夥伴，有時拍到一半攝影師還會當著客戶的面主動問助理有沒有什麼建議，彷彿一點也不怕威嚴掃地似的。

安頓好住處、辦好銀行開戶和牽涉到繳稅的國家保險號碼後，我開始找工作。

一直很好奇國外時尚攝影師的工作方式，也覺得自己在技術和眼界上還有許多需要加強的地方，我花了很多時間研究倫敦城裡有才華的攝影師，只要一找到喜歡的就立刻 email 履歷過去，問對方缺不缺助理。

履歷投了一大堆，百分之九十石沉大海，剩下百分之十有回信的，都問我除了在台灣當過攝影助理外，有沒有在倫敦當攝影助理的經驗，我回答沒有，他們就沒再回信了。

之後我和幾個相熟的攝影師朋友們聊起這件事，他們跟我解釋：「妳雖然在台灣當過攝影助理，但那畢竟不是在英國，我想就算攝影師想用妳，也會擔心有很多事要從頭教起，而且妳屬意的那幾個攝影師都算頗有名氣，他們忙工作都來不及了，要選也會先選那些可以立即上手的助理。」

「那我該怎麼辦才好呢？」我苦惱地說。

「如果妳只是想學技術、開眼界的話，還不如直接找一間有點名氣的攝影棚，應徵裡面的攝影助理工作，這樣一來，不但可以累積攝影助理的經驗，還有機會可以見識到很多厲害的攝影師拍照，那樣不是更好嗎？」另一個攝影師朋友說。

「攝影棚不是只做攝影棚出租嗎？為什麼要應徵攝影助理？租攝影棚拍照的攝影師們不是都會帶自己的助理去嗎？」我一臉問號。

他們跟我解釋，倫敦城裡什麼都貴，攝影棚的月租當然也是高得驚人，雜七雜八的器材買下來更是一大負擔，再加上這座城市裡有許多配備完善的專業出租型攝影棚，體貼入微地提供符合各式各樣攝影師們的需求，價格也還算合理，所以除非是每天案子接不完的大牌攝影師，不然其實有很多攝影師是不養棚的，而且就算是有棚的攝影師們，也還是會常常有租棚的需要，例如拍車，或是拍更大的場景時，就必須另外找能提供超大空間的出租型攝影棚。

因此，只要是比較專業一點的攝影棚，都會培養自己旗下的攝影助理，這些訓練有素、熟悉各種品牌燈光、相機和軟體操作方式的攝影助理也將在拍照當天待在攝影棚裡，全程協助攝影師處理一切技術性或突發性的狀況，讓攝影師可以無後顧之憂地把全副精力專注在工作上。

「攝影系畢業的學生，大部分都曾經去專業攝影棚待過一段時間，我覺得妳真的可以去那邊磨練一下，而且如果到時候真的遇到某個風格妳很欣賞、感覺又算合得來的攝影師，等混熟了再當面問他願不願意找妳當助理的成功機率也一定比投履歷高，畢竟你們會怕跟錯人，攝影師也怕請到爛助理啊。反過來說，很多攝影師在決定要請正職助理的時候也會直接問專業攝影棚裡相熟的攝影助理，很多人都是藉由這樣的機會，成為大牌攝影師的助理的。」攝影師朋友說。

乍聽完攝影師朋友們詳細的講解後，我內心的衝擊感真的非常的大，我還是第一次聽到有這樣全方位以專業攝影棚為經營核心的出租型攝影棚，而攝影師和攝影助理們可以透過這樣的平台尋找合適的幫手和學習對象，更是讓我感到驚奇。

我花了一點時間，找到倫敦一間頗有名氣的專業攝影棚，面試那天，老闆 Simon看我是女生，一直嚇唬我這份工作很辛苦，要搬很多很重的東西，還得常常加班。說到一半 Simon 桌上的電話突然響了，原來是卡車在攝影棚門口卸貨的速度太慢，引起來往車輛的抗議，但負責卸貨的工作人員人手不夠，只好打電話來跟 Simon 求救。

Simon 叫我在辦公室裡等他，我急忙跳起來：「我也來幫忙吧，你還可以順便測試一下我搬東西的能耐。」

Simon愣了愣，然後他聳聳肩說了一句「Why not」，東西搬完以後，也許是覺得頗滿意，他叫我隔天早上八點來報到。

第一天上班，同事先帶我熟悉環境。公司總共有四間攝影棚，每間攝影棚的空間都超過七十坪，附廚房、全自動咖啡機和七、八種零嘴，冰箱則裡放滿汽水、果汁、牛奶、提神飲料、Haagen Dazs 冰淇淋和香檳。

公司的三樓是器材室，還記得第一天走進去時我有多麼震驚，世界各地知名品牌的棚燈一字排開，Brown Color、Profoto、Bowen、Elinchrom、ARRI……比一整面牆還要大的巨型柔光罩，許多我連看都沒看過、讓人眼花撩亂的攝影器材，奇特材質的背景紙，各式各樣大大小小的道具。而上了鎖的相機室更是讓人心跳加速，各家廠牌的相機和頂級鏡頭，PhaseOne、Hasselblad 等數位機背，同事跟我說，光這個相機房就價值超過三十萬英鎊（約一千五百萬台幣）。

第一個禮拜我都在受訓，工作內容就是擔任攝影助理的助理，只能跟在同事旁邊觀摩、學習、分擔一點雜事或跑腿，除了熟悉基本工作流程外，還要記下每種燈和附件的使用方法、相機的功能還有不同軟體的操作介面，內容之複雜繁瑣，一度讓我有一種回到高三正在準備大學聯考的感覺。

因為提供的服務實在太周全，所以攝影師兩手空空抵達我們攝影棚是常有的事，今天要用哪顆鏡頭、相機是否要架腳架、背景紙想拉多長、布景要怎麼搭、想下哪種棚燈，只要攝影師一聲令下，我們這些攝影助理就會俐落地開始動作。這個時候攝影師就只要捧著熱騰騰的卡布奇諾在沙發上和客戶討論今天的拍攝主題或話家常就可以了，收工的時候，我們早已經貼心地幫攝影師把照片存進隨身碟裡，只見攝影師俐落地把隨身碟往胸前口袋一放，瀟灑地揚長而去。

每天早上在辦公室集合後，Simon 會發工作流程表給大家，除非客人指定，不然我們每天都會被輪到不一樣的攝影棚，和不同的攝影助理搭檔工作。

來我們攝影棚的客人千奇百怪，有一位知名廣告攝影師非常兇，每拍必把模特兒罵哭，到後來我跟另外一位助理打賭的內容已經從「你猜模特兒今天會不會哭？」變成「你猜模特兒今天會哭幾次？」。有一位義大利籍的攝影師，堅持拍照只用持續光，而且每次拍照幾乎都會用動物入鏡（死活都有）。而另一個法國籍的女攝影師則是一拿到相機就會變得非常激動，每次看她指導模特兒時，那聲嘶力竭的氣勢都會讓在站在一旁的我心跳加速，下意識往後倒退三步，有一次模特兒還真的在她的尖叫聲中當場昏了過去，嚇得我們手忙腳亂。不過我最懷念的還是有一次午餐時間，廠商為了給大家驚喜，特別把日本壽司師傅請到攝影棚來切生魚片捏壽司給全體工作人員吃，現場的歡呼聲差點把攝影棚的天花板都給掀了。

除了熱鬧的排場和新奇的工作環境外，最讓我覺得特別的，還是許多想法上的衝擊。首先，我發現很多攝影師的攝影器材，以台灣人的標準看來實在太「過時」也太「寒酸」了，他們的相機都是比較舊款的，鏡頭也就那一、兩個，卻照樣接大預算的案子。除非必要，他們不會追求器材的升級，而會先試著用自己的方式做出客戶的要求，如果真的很想試試看某顆鏡頭或新燈具附件的效果，也會選擇去相機器材出租店租，而不是用買的。

在攝影棚工作時，常常看到大品牌的案子從頭到尾只用一盞燈拍，雖然已經看過很多次了，還是覺得很不可思議，總會在心裡默默碎唸：「畢竟是大案子啊，照理說也要打個七、八盞燈才有那個氣勢吧？」

我知道這樣想很愚蠢，但還是忍不住，在回家的路上和一位比較資深的同事討論起這件事。

「You have to know what you are doing（你必須知道你在做什麼），少想著依賴器材，多用這裡。」同事用手指了指他的腦袋。

對他們來說，拍出一張好照片的重點不你是用了多頂級的鏡頭，或是打了多少盞燈，而是你要怎麼樣專注地、透過你的創意將你想要的效果呈現在一張照片上。令人驚艷的永遠是那顆腦袋，器材只是輔助，不應該是主角。很多人懷念底片時代，覺得底片拍出來的照片比數位照片來得有質感且有深度多了，而我從這些攝影師身上發現，差別也許並不在於你用的是底片或數位，重點是相機後面那個腦袋，他是真的有在用心在闡述一個屬於他的美學觀點，還是只是瘋狂按快門等待奇蹟發生？

過去在歐洲旅行的時候，為了行李輕便，我只帶了一機一鏡，沒有反光板也沒有閃光燈，卻常常大膽地利用一些日常生活中的元素輔助，垃圾場翻到的大鏡子、便宜的工地燈等。還記得有一次拍照我和模特兒及其他工作人員相約在地鐵站出口集合，眾人看我身上只帶了一個秀氣的女用手提包，狐疑地問我怎麼沒有帶攝影器材，只見我動作飛快地從手提包裡把單眼相機拿出來，笑咪咪地說：「不就在這嗎？」

在準備去英國打拚的前夕，為了以防萬一，我添購了好多攝影器材，卻在一次又一次的拍攝過程中，發現我似乎有把器材看得越來越重的趨勢。我常常會為了堅持要拍出某種效果而忽略了模特兒的情緒，或在缺乏某個器材時直接放棄、而不是試著去想是否還有其他變通的方法，器材的優勢的確某種程度 make my life easier，卻也在不知不覺中把我變得依賴且缺乏想像力。

除此之外，觀察攝影棚裡攝影師和攝影助理之間的關係也是一件相當有趣的事情，這裡攝影師跟助理之間的關係比較像朋友或夥伴，有時拍到一半攝影師還會當著客戶的面主動問助理有沒有什麼建議，彷彿一點也不怕威嚴掃地似的。

不過，最讓我覺得耳目一新的，還是雙人攝影師這個新鮮事。

那一天，同事去三樓拿器材，剩我一個人在攝影棚裡掃地。還沒九點，我聽到攝影棚門被推開的聲音，一男一女走進來，兩個人背上都背著相機包，男的走在前面，女的遠遠跟在後面，我立刻迎上前，親切地和走在前面那個男生打招呼：「Hello，請問你是今天的攝影師嗎？」

男生對我微笑，點頭。

眼看男生承認了他的攝影師身分，我一時「順理成章」加「性別歧視」地望向那個女生，自作聽明地說：「所以妳是他的助理嘍？」

「不，我也是攝影師。」女生說。

我整個人當場僵在那，疑惑兼窘迫到一個極致，好險同事突然出現在門口呼喚我，要我一起去三樓搬東西，才倉皇躲過這無地自容的一刻。

我像個縮頭烏龜一樣躲在燈具室裡慌張地問同事這到底是怎麼一回事，同事聽完我的遭遇後哈哈大笑：「他們可是很有名的雙人攝影師呢，妳下次小心一點，不要隨便替人家對號入座啦。」

回到攝影棚，男攝影師先讓我們把攝影棚天窗的窗簾拉開，讓自然光可以灑到背景紙上，又請我們在背景紙旁架了兩盞閃燈。

一直到要開拍前，我都還是對「雙人攝影師」這個名稱感到很疑惑，拍照的時候，同時有兩個攝影師，那到底是誰掌鏡？模特兒又要聽誰的？

男攝影師跟模特兒溝通完情境後隨即開始拍照，男攝影師一邊拍、一邊指揮模特兒的動作，閃燈隨著男攝影師一次次按下快門砰砰砰地響，只見站在一旁的女攝影師手上拿著另一台沒有接閃燈觸發器的相機，開始繞著模特兒從不同角度取景。大約五分鐘後，他們倆很有默契地交換相機，變成女生拿裝有閃燈觸發器的相機，站在模特兒正前方一邊指導一邊拍，而男生則在一旁用大光圈捕捉閃光燈明滅間模特兒在自然光下的模樣，整個拍攝過程就在兩人不停交換中完成，像一曲流暢無比的交響樂，拍出來的照片效果又快又好。

我站在一旁幾乎看呆了，平時一個人拍照，若想要同時捕捉閃燈和自然光兩種效果，就算手上有兩台相機，也肯定是一場瘋狂混戰

對我來說，拍照時攝影師和模特兒之間有時很像一場激烈的對手戲，攝影師放越多感情和精力進去，模特兒能拋出來的東西也會越豐富。除非遇到真的很有經驗或渾然天成的模特兒，不然攝影師總要花很大的力氣把模特兒帶入情境當中。而當模特兒真的完全進入狀況時，雖然模特兒的眼睛是望著攝影師，其他不經意的角度卻往往非常迷人，但攝影師因為要繼續做引導的工作，卻不一定有機會捕捉到那些精彩的畫面。能夠把模特兒同一個情緒當中不同角度的模樣記錄下來，的確是一件讓攝影師們夢寐以求的事。

除此之外，攝影師拍照拍到一半突然沒靈感，不知道該怎麼繼續指導下去也是常有的事，這個時候如果硬拍，效果也不一定好，只好先暫停拍攝，休息、冷靜一下，等待靈感重新回來。而這種藉由兩個人不停輪流，時而觀察、時而投入的拍攝方式，不但給了彼此喘口氣的時間，以效率和流暢度來說更是相當完美。

拍攝結束後，我情不自禁走到兩位攝影師面前，表達我的崇拜：「你們真的好厲害喔，看你們拍照，都像一種享受，超羨慕你們的，默契一流。」

女攝影師笑了：「哪有默契好，我們常常在選片的時候吵得天翻地覆，還打架呢！」

很多人都說，攝影師其實都是很孤獨又很自我的人才會去做的工作，但隨著踏入這一行越來越久，我漸漸發覺其實有很多揚名國際的攝影師都是走雙人搭檔路線，例如 Mert & Marcus、Coppi Barbieri 和 Daniele + Iango 等，其創意和實力都相當驚人。

除了在攝影棚擔任助理工作外，我也開始陸續接到一些雜誌和服裝型錄的案子，也開始慢慢體會到過去前輩們的至理名言：「攝影這個工作有百分之九十的時間都花在事前溝通、準備和解決現場突發狀況上，真正拿相機起來拍照的時間其實只有百分之十。」

以前在歐洲流浪時，拍照是一件很瀟灑的事，因為是拍作品，又不跟人家收錢，所以想怎麼拍就怎麼拍，大家開心就好；但真的開始接商業案子之後，才發現攝影工作並沒有想像中那麼浪漫，技術和才華不是不重要，但這畢竟是做生意，自然有做生意該懂的細節和規則。例如，即使和客戶再怎麼一見如故，也一定要在剛開始就把所有條件談清楚，訂合約，保障雙方的權利，而談價錢和處理報稅等更是一門複雜無比的學問。

當然，除了這些比較硬的東西，接案過程中還是有許多相當特別且有趣的經驗。

記得有一次拍雜誌的服裝單元，我們借了巴黎市中心一間精品旅館一樓大廳拍照，那次的模特兒 Ellen 來自美國的拉斯維加斯，性格的橘紅色短髮，滿布雀斑的小臉，活潑開朗的個性中帶一點點瘋狂的特質。

拍好第一組照片，造型師要帶 Ellen 去旅館的廁所換第二套衣服，沒想到 Ellen 居然回答說：「不用這麼麻煩了。」然後就直接當著所有人的面在旅館大廳中央脫個精光（上半身全裸，下半身只穿膚色丁字褲），等待造型師把衣服拿過來的時候，Ellen 還開心地在大廳裡跑來跑去，不但把旅館所有的工作人員都嚇傻了，連走在街上的路人，都停下原本匆忙的腳步，站在旅館巨大落地窗前驚恐又好奇地往裡頭張望。

《Puzzle》

很多時候模特兒在照片和現實生活中呈現出截然不同的樣貌實在驚人，照片裡這位氣質脫俗，優雅中帶一點憂鬱的模特兒 Ellen，現實生活中其實個性超爽朗，還可以面不改色一口氣吃下五個麵包，不可思議吧？

還有一次，為了要拍濃濃聖誕氣氛的十二月號刊，編輯決定去倫敦知名的 Winter Wonderland 取景。

Winter Wonderland 是一個大型的移動式聖誕市集，每年十一月中旬，天黑了以後就會有許多大型貨櫃車開進倫敦的海德公園，只見工作人員忙碌地上上下下，要不了幾天的時間，這座占地超過兩百平方公頃的樂園就像雨後春筍般出現。Winter Wonderland 擁有全倫敦最大滑冰場、鬼屋、各式各樣刺激的遊樂設施、傳統馬戲團表演和超過兩百間木屋攤位打造成的天使聖誕市集，是倫敦人聖誕假期最喜歡跟家人、朋友或情人一起享受濃濃耶誕氣氛的人氣勝地。

拍攝當天，其中一組服裝造型，我們安排模特兒坐在旋轉木馬上拍攝，因為想要拍出精靈般的感覺，我們要求模特兒把黑絲襪和高跟鞋等現代化配件脫掉，光著腳坐在旋轉木馬上。

正拍到一半，一個小女孩和她媽媽經過我們旁邊，然後，我們聽到小女孩稚嫩且困惑的聲音：「媽媽我好害怕，那個坐在旋轉木馬上穿白衣服的女生是不是鬼？不然她為什麼不穿鞋？」

媽媽還來不及跟小女孩解釋，小女孩就號啕大哭起來，我們一群工作人員站在旁邊，只覺得既抱歉又好笑。

《La Vie—Amusing Paradise》

而我因拍攝工作去過最酷的地方，則是座落於英國東南方海岸線上，離倫敦一百公里遠的鄧傑內斯（Dungeness）。

鄧傑內斯是一個很奇妙的地方，它有兩個身分，一個是英國知名濕地保護區，擁有超過六百種植物和罕見物種，許多候鳥也會在這裡棲息；而鄧傑內斯的另一個身分，則是眾多藝術家們的秘密花園。

早期的鄧傑內斯，是個與世隔絕的偏遠漁村，隨意停靠在沙灘上的木造漁船，簡陋的小屋，溫柔如母親般的燈塔在海岸邊日夜守候。

一九六五年和一九八三年英國政府相繼在這裡蓋了兩座核能電廠，人們嚇壞了，爭先恐後地搬離鄧傑內斯，這裡的人口一度銳減到只剩下四十位居民，宛如死城。

不久後，許多厭倦都市生活，決定遠離喧囂的藝術家們看上了這塊擁有不尋常地理景觀和開闊天空的淨土，相繼在鄧傑內斯置產，過著隱居般的生活。

第一次拜訪鄧傑內斯，就可以感覺到那特殊的荒涼、詭異氣氛，我們的汽車行駛在小鎮唯一的馬路上，眼前出現的一切，都像是被遺棄了似地，彷彿不小心走進影集《陰屍路》裡面的場景，空氣中，感覺不到一絲活人的氣息。

古老雄偉的漁船癱倒在赤紅色的鵝卵石海灘上，破舊的廢棄鐵軌一路從陸地延伸到海岸線的浪花之中，海風徐徐吹來，候鳥在宛如怪物般巨大的核能電廠上飛舞盤旋，如果世界真的有盡頭，那應該就是這裡了。

鄧傑內斯離倫敦不到一百公里的距離，但因為中間大多是曲折蜿蜒的鄉間小路，所以從倫敦開車過去單程就要花上兩個多小時的時間，搭乘大眾交通工具加轉乘更要長達三至四個小時。

不過，最讓我感到不安的，卻是當地居民的小屋，或者應該更精確地說，是小屋外面的院子。雖然早就聽說這裡大部分的屋子都為藝術家所有，而藝術家們對於如何裝飾自己的院子當然也有比較另類的想法，不過鄧傑內斯充滿實驗風格的院子還是著實讓我嚇了一跳。

我發現的第一個院子，屋主在花園中央圍起一個小小的柵欄，看起來像是菜園用的，但柵欄裡種的不是菜，也不是紅蘿蔔，而是一個又一個全身赤裸、頭髮被剃得短短的芭比娃娃。半截身子露在土壤外面的芭比娃娃，無助地望向遠方，像某種被連續殺人狂姦殺後擺成詭異姿勢的屍體，看起來超級毛骨悚然，更讓我想到史蒂芬．金的電影《寵物墳場》。

我發現的第二個院子，屋主用細細長長的麻繩在花園中間的地上圍了一圈，有點像去假日集市時會看到的攤販展示區，麻繩中間整整齊齊地擺了上百雙鞋子，各種顏色、各種款型，但卻都只有一隻，像某種令人不安的恐怖暗示。

還有一間屋子，從馬路走到屋子門口中間的草坪上鋪了七、八塊供人踩踏的石板，但湊近一看，這些石板居然是一塊又一塊倒放的墓碑，每一塊墓碑上甚至都寫著名字、出生以及死亡的日期。

去鄧傑內斯拍照那次剛好是一月初，倫敦的冬天晝短夜長，往往早上九點天才亮，下午三點天就黑了，每次在冬天出外景，都有一種跟老天爺搶時間的感覺。

出發前一天晚上，我上網查氣象預報，發現鄧傑內斯附近地區雖然早上放晴，但大約下午一

院子裡的鞋子軍團。

點左右就會開始下大雷雨，為了多爭取一點拍照時間，我跟編輯決定把通告從原本的上午八點提早到上午六點。

到了拍照當天早上，我清晨五點醒來，五點半離開家門，當時路燈都還沒開，整個倫敦籠罩在一片黑暗之中，走在路上，伸手不見五指。

妝髮的時候，因為模特兒頭髮質軟不易造型，原本八點出發的計畫硬是被延遲到八點半，再加上途中車子不小心下錯交流道，抵達鄧傑內斯的時候已經上午十一點了。

那天總共有五個造型要拍，也就是說一個造型大約有二十五分鐘的時間，而這二十五分鐘總共包括了模特兒換衣服、彩妝師補妝、髮型師整理頭髮、從一個點移動到另一個點，以及我跟模特兒溝通動作、調整情緒、按快門的時間。

沒想到才拍完第一組造型，天空就已經開始飄起毛毛細雨，接下來的半個小時，我們好像在演電影裡面搶銀行的搶匪一樣，只見車子飛快地開到我們看中的景點前面，一夥人各自抄著自己的「傢伙」跳下車（只差沒蒙面了），髮型師花三十秒調整模特兒的頭髮，編輯花三十秒調整衣服，然後我花三十秒按二十下快門，大家再一起狂奔回車上，完美地將每個造型的拍攝時間控制在兩分鐘以內，竟也順利地完成了四組拍攝。

拍到最後一個造型時，我們來到知名藝術家德里克・賈曼（Derek Jarman）的展望小屋（Prospect Cottage）前面，當時雨勢越來越凶猛，原本的毛毛雨已經變成豆大的雨珠，打在我和模特兒的臉上和眼睛裡。拍照時，因為雨水的關係，模特兒幾乎沒辦法好好張開眼睛看鏡頭，拍出來的照片十張有八張在眨眼睛（不然就是一臉痛苦掙扎樣），好不容易拍完，一夥人急忙躲回車上，門才剛關好，只聽見雨水洶湧如瀑布般擊打在車頂上的聲音。

《La Vie—The Last Garden of England》

鄧傑內斯有很多罕見的稀有植物，模特兒身下這片青苔，全英國只有鄧傑內斯這裡才能找到。

《La Vie—The Last Garden of England》

畫面中雖然看不出來，但這張照片其實是在傾盆大雨下完成的，模特兒後方黑黃相間的小屋就是英國知名才子德里克．賈曼的小屋。

《La Vie—The Last Garden of England》

就在我一邊擔任攝影助理和接案的同時，Alice 也找到了一份 Showroom 助理的工作。

Alice 從義大利服裝設計學校畢業，曾經跟著指導老師工作了一段時間，不過在見過身邊許多服裝設計師滿腔熱血開創自己的設計師品牌，卻因為不懂行銷和理財而失敗的例子後，在成立自己的品牌之前，她想先了解一下開創品牌時會面臨到的種種商業行為。

服裝設計師剛開始成立自己的品牌時，除了要面對負責把衣服生產出來的工廠之外，通常還會跟兩種公司合作：公關公司和 Showroom。公關公司主要的工作是幫你打響品牌知名度，而 Showroom 則是展示和銷售的據點。

Showroom 通常是一個頗大的展示空間，比較大的國際品牌基本上會有自己專屬的 Showroom，而還沒有發展到那個氣候的小品牌，則會選擇加入與自己品牌屬性相似的 Showroom。

Alice 工作的那間 Showroom，主要經營各種時尚設計品牌，包括服裝、首飾、包包、鞋子等，基本上設計師們和 Showroom 簽約後，就會把自家設計的商品寄放在 Showroom 那邊，而百貨公司和精品店的採購則會定期到各家 Showroom 看新一季推出的貨色，如果有適合自家風格或看起來很有潛力的商品，就會直接跟 Showroom 下訂單。

那陣子剛好 Alice 工作的 Showroom 要找攝影師幫設計師們拍型錄，在看過我的作品後，Showroom 經理 Johnny 決定請我負責拍攝。

Johnny 來自巴黎，目測大約四十五歲，光頭，永遠穿著貼身絲質襯衫，屁股緊俏，酗茶，最喜歡比蓮花指。

拍照當天，一切順利，也約好一個禮拜後交圖。因為從 Alice 那邊耳聞了一些 Johnny 的龜毛事蹟，所以交圖當天我親自帶著燒好的DVD來到 Showroom，還特別帶了筆電，確保如果 Johnny 對修好的圖有任何不滿意的地方，我可以當場幫他處理。

看完圖片後 Johnny 果然交代了一些小細節要我調整，我問 Johnny 可不可以當場在那裡用筆電修給他，Johnny 說沒問題。

那天 Alice 休假，偌大的 Showroom 裡只有我跟 Johnny 兩個人，我修我的圖，Johnny 做他的事。不一會電鈴響了，原來是快遞送了一箱衣服過來，只見 Johnny 一邊拆那箱衣服一邊罵：「真是有夠失敗的，看了都傷我的眼睛，什麼鬼東西啊！」

「妳看！」Johnny 叫我。

我抬頭，看到 Johnny 手上拿著一件藍色連身裙，臉上露出嫌惡的表情。

「設計出這種衣服的人，還敢說自己是設計師，怎麼不乾脆去死一死算了？妳說是不是啊？」Johnny 說。

我配合地點點頭。

「還有這個！」Johnny 發出了好像看到怪物的抽氣聲，從箱子裡拉出一件橘色外套，一副上面有某種致命病毒似的。

Johnny 又批評了五分鐘，才終於不甘不願地開始把那些衣服掛到衣架上，一邊哀聲嘆氣：「哎啊，Alice 今天為什麼要休假呢，害我被迫要看這些不乾不淨的東西，我好苦啊……」

掛完衣服以後，我們又各自工作了半個多小時，電鈴聲又響了，Johnny 前去開門，這次不是快遞，因為我聽到了臉頰親吻聲，還有時尚界最流行的高分貝虛偽招呼聲。

一男一女隨著 Johnny 走進 Showroom，Johnny 替我跟他們彼此介紹，一男一女是夫妻，約在三十五歲上下的年紀，兩個人都是插畫家出身，去年決定轉行做服裝設計並推出自己的品牌。雖然他們的外表看起來都有一定的年紀，但或許是從事創作的關係，表情顯得特別純真。

Johnny 開始動手泡咖啡，男人和女人走到衣架前，充滿熱情地撫摸那些剛剛被 Johnny 罵得一文不值的衣服。

咖啡泡好之後，他們三個在我前方的沙發區坐下，雖然我沒有要偷聽的意思，但距離實在太近了，他們接下來說的話全都一字不漏地滑進我耳朵。

「我不得不說，妳設計的衣服太美了。」Johnny 發出了我從沒聽過，誠摯得讓人想落淚的讚嘆聲。

我忍不住把我的眼睛偷偷從電腦螢幕上移開，想看看這件令全天下最挑剔男人發出讚嘆聲的衣服到底長怎樣。

不看還好，一看我差點從椅子上摔下去，Johnny 手上拿的，不正是那件剛剛被他嫌到可以去一頭撞死的藍色連身裙嗎？

「這個扣子，這個剪裁，簡直就是天才，我用我二十年在這個行業裡打滾的經驗告訴你們，這個，已經不能用『衣服』兩個字來形容了，這是藝術品！」

明明坐在空調室裡修圖，我卻感覺到汗珠從我額邊悄悄滑落。

讚美來讚美去的戲碼結束後，Johnny 清了清喉嚨：「你們的設計如此出眾，下個月巴黎和紐約的商展，我覺得你們一定要參加才行！」

「可是……」女人露出為難的表情，「從開創品牌到現在，加上上個月倫敦時裝週的商展，前前後後我們已經花了八千英鎊了，雖然有記者報導，但一件衣服都沒有賣出去，這實在是……」

女人話還沒說完，就被 Johnny 硬生生打斷：「我不是跟你們說過了嗎？全世界最大的買家都只去巴黎時裝週的，至於美國人，他們最迷歐洲貨了，一旦你讓他們知道你的品牌上過倫敦和巴黎的商展，還不瘋狂下單嗎？我知道你們覺得這次在倫敦的成績不好，但如果因為這樣不去巴黎和紐約，那才叫前功盡棄呢！」

「巴黎和紐約的商展，參展費用要多少呢？」女人有點猶豫地問。

「參展費各是一千三百英鎊。」Johnny 說。

「這麼貴！」女人緊張地瑟縮了一下。

「為了大好的將來，這麼一點錢是很便宜的！」Johnny 說。

「為了這個設計夢，我們連車都賣了，我們真的沒有那麼多錢，兩個孩子的保母費，製衣廠也要收帳，每個月 Showroom 的費用，我們根本就沒剩多少錢了……」女人說。

「其實我覺得……」Johnny 把身體往前傾，一副慎重其事的樣子，「你們有沒有考慮把房子拿去抵押？」

突然的一陣沉默，整個空間裡只剩下我繪圖筆突兀的喀喀聲。

「唉，我實在是覺得這個機會太難得，眼看你們的服裝事業就要起飛，卻敗在這個節骨眼上，真的太讓人傷心了……」Johnny 說。

商展上的時裝伸展台。

「好！我們參加！」從頭到尾都很安靜的男人突然說話了。
「親愛的！」女人一臉驚訝地看著男人。
「這是我們的夢想啊！」男人說。
又聊了一陣後，我發現參加商展除了參展費各一千三百英鎊外，設計師還要另外支付Johnny去巴黎和紐約的機票、酒店費用（所有參展設計師一起分擔）、衣服貨運到巴黎和紐約的來回運費、商展現場的布置費用，加起來參加一個三天的商展費用直逼兩千英鎊。
夢想夫妻離開後，Johnny也沒有閒著，他開始打電話給其他設計師，台詞完全一模一樣，從讚美對方是設計天才到慫恿對方參加商展，從頭到尾連稿子都不用看。
Johnny掛上電話，我圖也修完了，拿給Johnny確認無誤之後，我見鬼似地火速離開那裡。
後來Alice跟著Johnny一起去了巴黎、米蘭和紐約做商展，回來以後聽Alice說，Johnny在商展上常常把自家攤位丟在一旁，跑去別的攤位結識其他國家的設計師，結識過程中Johnny會先主動表示自己對那位設計師才華的讚賞，然後再問對方有沒有興趣加入他的Showroom，進攻英國市場。
這些設計師們都很年輕，眼神中閃爍著滿滿對夢想的熱情，攤位上擺的大多是他們第一季或第二季的設計。偌大的商展裡有幾千個像這樣的攤位，買家來來去去、行色匆匆，不一定有空停下來光顧這些新銳設計師的攤位，有的時候等了大半天，連個打招呼的對象都沒有，突然間一個來自倫敦的 Showroom 經理跑過來說你有才華，想把你的設計引進倫敦，很少有人聽了不心動的。

當然，Showroom 幫你推銷商品，每個月都是要付月費的，如果東西真的賣出去了，還有抽成的部分，但是夢想無價啊。

雖然 Alice 也不喜歡 Johnny，但她已經簽了一年的工作合約，只好硬著頭皮幫 Johnny 工作了整整一年的時間。短短一年當中，她看到懷抱夢想的年輕設計師一個個被 Johnny 招攬進來，又一個個失望地離開。這裡是倫敦，大家什麼都缺，就是不缺剛從設計學校畢業，對設計懷抱理想和熱情的年輕人，招牌掉下來隨便都可以打到好幾個，我們不能說 Johnny 完全沒有在做事，擺明了騙錢，但他的確某種程度地，消費了這些人的夢想。

CHAPTER 5 彆扭的英國人

在英國待越久，越能體會英國人細膩幽微的一面，深入了解後，常常被他們纖細易感、拐彎抹角的溝通方式搞得哭笑不得，特別是遇上我這個粗神經的傻大姐，更是笑話不斷。

大學時對英國文學特別著迷，曾聽老師在西洋戲劇課上提到，英國的倫敦有這麼一座仿造十六世紀莎翁年代的莎士比亞環形劇場（Shakespeare Globe），一直到今天都還依循四百年前的方式演出，於是，到這座劇院看一齣戲，朝聖一下我心中的莎士比亞，就成了一個懸念。

環形劇場的戲票向來搶手，深怕向隅的我提早在開演前兩個月上網訂票，買的是被稱為「Yard」的庭院站票，也就是舞台正前方那片空地。這種站票的票價非常便宜，一個人只要五英鎊，在莎士比亞的那個年代，這裡是平民老百姓、低下階層等販夫走卒站著看戲的地方。髒亂泥濘的空地上，人們在這裡吆喝、推擠、日曬雨淋，時不時被彼此謾罵的口水噴到，而當時的貴族則坐在柵欄後方、依建築物環形打造的座位區裡。

看戲偏愛臨場感的我，總喜歡盡量坐前面一點，巴不得有一天能直接坐在舞台上就近盯著演員，當然是喜滋滋地買了庭院站票。

庭院站票沒有固定位置，就像搖滾區一樣先搶先贏，為了確保能占到比較前面的位置，看戲當天我提早兩個小時到現場排隊。

好不容易找到排隊入場的地方，才發覺我並不是最瘋狂的那一個，入口處早已排了六個差不多七十歲左右的阿公阿嬤，個個精神抖擻、面帶微笑地捍衛著他們得來不易的名次。

我火速加入排隊隊伍，成為第七名。

排了十分鐘的隊後，我開始覺得有些無聊，從包包裡拿出事先準備好的小說，靠著牆讀了起來。半個小時後，我把腦袋瓜從小說上抬起來，赫然發現我身後已經不知不覺多了一長串年約六十到七十歲之間的阿公阿嬤。我不可置信地揉揉眼睛，開始擔心自己是不是不小心排到某老人專用入口而不自知，急忙請教排在我正前方、位居第六、身穿碎花洋裝的阿嬤：「不好意思，請問一下，這個隊伍是排今天下午兩點半的《哈姆雷特》對吧？」

「That's correct（完全正確）。」碎花洋裝阿嬤中氣十足地說。

「沒有別的排隊入口了嗎？」我小心翼翼地問。

「就我所知沒有。」碎花洋裝阿嬤說。

我不安地回頭看了看那綿延到天邊的老人軍團，但既然碎花阿嬤都這麼說了，我也不好意思繼續追問下去。

開演前十五分鐘，工作人員拉開入場繩，我夾在一群白髮蒼蒼的長輩中間，隨著大家一起以百米之姿衝進舞台前的小廣場。我眼尖地發現舞台左下方一個好位置，急忙跑過去卡位，一想到等一下可以這般近距離看演員演戲，就有一種興奮到不行的顫慄感。

周圍開始慢慢出現一些年輕臉孔，不過爺爺奶奶級的觀眾還是占大宗。環形劇場的戲沒有中場休息，一口氣要演兩個半小時，如果是我家裡那嬌弱的媽媽，肯定是挨不過的，況且我媽才剛滿六十歲，這些老當益壯的盎格魯薩克遜勇士們，總算是讓我大開眼界了。

看著眼前的景象，我想起西洋戲劇課上老師曾經分享過的一個故事。

那一年老師到英國的劍橋大學進修，在校園裡巧遇一票搭遊覽車來旅遊的英國老太太們，這群老太太年紀都不小了，滿頭白髮，拄個小拐杖，一聽到老師是台灣來的，好奇地詢問老師對於香港回歸中國的看法，聊著聊著話題又來到倫敦的劇場。令老師頗感意外的是，這些婆婆媽媽們並非文學或藝術相關產業工作者，卻對英國當代劇作家如大衛・黑爾（David Hare）、哈洛・品特（Harold Pinter）、湯姆・斯托帕德（Tom Stoppard）等瞭若指掌，後來甚至即興朗誦出劍橋詩人魯珀特・布魯克（Rupert Brooke）的詩句，讓老師覺得大開眼界。

在英國，欣賞藝術似乎不是年輕人的專利，以前在台灣看舞台劇的時候，觀眾的年齡層大多在三十歲以下，比較難得會看到年長的觀賞族群。我們喜歡用文藝青年來形容喜好藝文活動的朋友，卻沒有文藝中年、文藝老年這種用詞，彷彿人只要過了年少輕狂的那個階段，就該把藝術這件事放下，專心當一個有所為的大人。

想著想著，眼前突然出現一抹熟悉的身影，原來碎花阿嬤剛好也選擇在我旁邊卡位，看來英雄所見略同，我和碎花阿嬤相視而笑，友情在無形當中滋長。

我決定開口聊天：「請問妳常來這裡看戲嗎？」

「每年夏天，這裡的每一場戲我都會來看。」碎花阿嬤挺直背脊，一副引以為傲的樣子。

「妳住倫敦嗎？」我問。

「不，我住南安普敦（Southampton），搭火車到滑鐵盧（waterloo）要一個小時又二十分鐘。」碎花阿嬤精確地回答。

「哇！」對藝術如此孜孜不倦的熱愛，我真是打從心底感到折服了。

「我也是這裡每一場戲都看，我住布萊登（Brighton），搭火車要一個小時。」一個長得像聖誕老人的阿公突然加入話題。

正在上演 *Anne Berlin* 的莎士比亞環形劇場。
photo by Manuel Harlan

「你們都好資深喔，我是第一次來這裡看戲，還不太懂，請問今年夏天有沒有什麼絕對不能錯過的好戲，可以推薦給我？」我問。

碎花阿嬤和聖誕老人阿公經過一番熱烈討論，一致推薦去年剛上演過的《*Anne Berlin*》。

「雖然不是莎士比亞的戲，但真的很有水準。」碎花阿嬤說。

開演前，聖誕老人阿公跑去買啤酒，剩下我跟碎花阿嬤站在原地，我突然好奇地隨口一問：「那妳每次都買站票嗎？」

「對啊。」碎花阿嬤回答。

我微笑，點頭表示了解，沒再繼續接話。

過了一分鐘，碎花阿嬤突然拍了拍我的肩，我轉過頭，只見碎花阿嬤的臉紅得跟龍蝦一樣，她下巴微微抬起，用一種很慎重的口氣跟我說：「By Choice（經由選擇）。」

我當下完全不明白碎花阿嬤跟我說這句話的用意，但看她那慎重又堅定的神情，我立刻識趣地點頭附和。開場音樂聲適時響起，演員從舞台布幕後魚貫出來，接下來的兩個半小時，趴在舞台正下方的我時不時被激動的哈姆雷特噴得一臉口水，等戲結束時，碎花阿嬤已經不見了。

後來如願買到《*Anne Berlin*》的戲票，那一天，當我隨著舞台上的Anne Berlin一起哭得死去活來時，我突然又想起了碎花阿嬤，也隱約想通她那句「By Choice」背後真正的用意。

我問碎花阿嬤是不是每次都買站票，只是單純想到什麼就講什麼的閒聊，問題本身並沒有任何目的，問完問題後的沉默也只是因為我暫時還想不到別的話題。但依我推論，敏感的碎花阿嬤可能把我的沉默聯想成一種無言的同情，默默可憐她活到一把年紀卻只買得起站票這種不幸的遭遇，所以才會尷尬得臉都紅了，糾結了半天又不知該從何解釋，只好用一句簡潔有力又不失身分的「By Choice」，強調自己買站票的原因是出於喜愛而非窮困潦倒。

在英國待越久，越能體會英國人細膩幽微的一面，深入了解後，更常常被他們纖細易感、拐彎抹角的溝通方式搞得哭笑不得，特別是遇上我這個粗神經的傻大姐，從此笑話不斷。

我在英國鬧出的最大一個笑話（誤會），應該是我跟男友 Andrew 到底誰先開始追誰這件事。

交往兩年多之後，有一天我閒來無事，決定找 Andrew 抱怨一下：「記得當年你追我的時候啊，多麼溫柔體貼啊……」

「等等！」Andrew 立刻打斷我，「這個說法需要更正，是妳先追求我的。」

「什麼！」我傻了兩秒，隨即大聲抗議，「你真的是有把黑說成白的本事耶！」

還記得第一次遇見 Andrew，是一個風和日麗的八月天，我們相約在一間酒吧門口，遠遠地，我就看到一個步伐優雅、氣質出眾的男人朝我走來，他是一個長得很漂亮的男人，秀氣的娃娃臉，靦腆的笑容，一頭麥田似的金髮在夕陽下閃閃發光。

Andrew 是倫敦城裡知名的商品攝影師，平時主要幫像哈洛德和 Harvey Nichols 等精品百貨拍攝廣告和型錄，大學和碩士都主修繪畫的他，作品還被國家收錄在 National Collection 裡，算是個頗有才氣的藝術家。

Andrew擅長用光影和位置讓畫面中的物品產生一種相互對話的情境，甚至可以隱約感覺到每樣物品的性格，以及其中正在發生的故事。

ME
GA
CIT
IES
OIO
UNMONUMENTAL
CONCRETE

不過，我對 Andrew 的第一印象並不好，總覺得他舉手投足間都有一種孤芳自賞的味道，對許多事情的看法也相當傲慢。我平時最不欣賞這種自以為是的人，一邊偷偷觀察、一邊暗暗覺得好笑，更時不時用開玩笑的方式挖苦他。剛開始 Andrew 還沒有發現我的意圖，但等他終於意識到我從頭到尾都在找機會戲弄他時，不但沒有生氣，反而眼睛一亮，彷彿覺得這是一件很有趣的事情。

一直到兩年後，當我們重新聊起這件事時，我才恍然大悟，了解當年我那些以惡作劇為出發點的戲弄行為，竟被他老兄誤判為示愛的表現。在他看來，是我先對他散發出「快來快來追我」的鼓勵暗示，他才敢鼓起勇氣對我展開追求。

英國人的害羞和含蓄，讓他們在求愛的時候特別彆扭，他們絕不會大咧咧地跟愛慕對象說：「我喜歡你，請跟我交往吧！」那樣太粗魯也太危險了，如果不幸被對方拒絕，找不到台階下的那種尷尬，絕對足以讓臉皮薄如紙的英國人選擇一頭撞死。因此他們偏愛各種拐彎抹角、充滿暗示性的雙關語，尤其擅長用戲謔和挖苦的方式，在安全範圍內試探情意。

說穿了，英國人的求愛過程宛如一場步步為營的面子保衛戰。這種詭異、孩子氣的追求作風，英國女孩從小就懂，但不諳箇中滋味的外國女孩就沒有那麼幸運了，這場關於我跟 Andrew 到底是誰先開始追誰的羅生門，至今仍沒有一個正確的答案。

自從酒吧會面後，Andrew 開始對我展開追求，他常常約我一起吃飯、看展覽或去公園散步，對他的認識越多，越發現我一開始對他態度傲慢的評價，其實是一種有失公允的觀察，就像許多個性內向的人常常會給旁人一種冷漠的感覺一樣。Andrew 看似傲慢無理的言行舉止，其實是他企圖掩飾內心局促不安時放出來的煙霧彈，私底下的他，其實是一個很真誠也很善良的人。

慢慢地，我對他的好感與日俱增，兩個人的關係也變得越來越親密，走在大街上，他會主動牽我的手；送我回家時，他會在月光下跟我吻別；我們每天給彼此寫信，分享生活中的大小事。然後有一天，就像大部分相互愛慕的戀人一樣，我們發生了最親密的關係。

事發隔天早上我回到家，第一件事就是衝進 Joanne 房間，興奮地跟她分享這個大消息，Joanne 的眼睛瞪得好大，然後她問：「那事情結束後，他有沒有跟妳說你們現在是什麼關係？」

「沒有啊。」我說。

「什麼都沒說？他沒說你們從現在開始就是正式男女朋友之類的話？」Joanne 問。

「沒有。」我說。

「天啊！」Joanne 倒抽了一口氣，「我知道這聽起來可能會有點難受，但我覺得妳很有可能是被玩了。」

「什麼？」Joanne 突如其來的結論讓我感到一陣晴天霹靂。

「跟妳上床，又不表明你們的關係是什麼，不是玩妳是什麼？我覺得他應該是把妳當成砲友了。」Joanne 說。

「怎麼會這樣？那我該怎麼辦才好？」我方寸大亂地問。

「去跟他問清楚啊，問他覺得你們現在到底是什麼關係。」Joanne 說。

「好！」我飛快地從床上跳下來，打開電腦，給 Andrew 寫 email，信裡我開門見山地說，請問我們現在是什麼關係？

五分鐘後 Andrew 回信了，信裡他說：「We are lover」（我們是戀人）。

「不是男女朋友嗎？」我在回信裡追問。

「We are going towards that direction（我們正在朝那個方向前進）。」Andrew 在回信裡說。

我把 email 拿給 Joanne 看，Joanne 給了我一個「妳看吧」的眼神。

我的腦袋裡突然啪地一聲，好像某個保險絲突然燒斷了似地，熊熊怒火在瞬間吞食了我的理智，我動作迅速地給 Andrew 回了一封長信，信裡我說，在我的認知裡，上了床以後，就只有男女朋友跟砲友兩種關係，不要在那邊故弄玄虛地給我玩什麼文字遊戲，什麼「We are going towards that direction」，既然這麼沒有誠意，大家以後也不用聯絡了。

那天下午因為跟設計師約好談合作的事情，email 寄出去以後，我啪地一聲把電腦蓋上，換了一套衣服後就出門去了。

坐在地鐵上時，我的手機突然莫名其妙地開始發燙，我把電池蓋打開，裡面的 Sim 卡居然啪地一聲自己彈出來，不但彎曲變形，還燒得面目全非，完全不堪使用了。

設計師的工作室在西倫敦，從我家過去要將近一個半小時的車程，開會加上一來一回的交通，等我終於回到倫敦市中心，辦好新的 Sim 卡時，都已經傍晚六點多了。我才一開機，就跳出十幾封簡訊和未接來電，還沒來得及看，來電鈴聲就瘋狂響了起來，手機螢幕上顯示撥號人是 Andrew，中午時燃起的怒火此刻已經冷卻得差不多了，我嘆了一口氣，按下通話鍵。

電話那頭 Andrew 的聲音聽起來十分慌張：「妳終於接電話了，我拜託妳冷靜一下，先聽我解釋好不好？」

那個時候的我，還不明白西方人對於男女交往時用詞的定義其實和我們不太一樣，對感情每個階段可以發生什麼事的認知也有所不同。

一般而言，在台灣的男女交往過程會有兩個階段：朋友和男女朋友，基本上的運作流程，就是在告白成功後直接從原本的朋友關係升級成男女朋友關係，中間雖然可能會有許多「曖昧」或「友達以上，戀人未滿」之類的情況，但那都還是會被歸類為「朋友關係」。

但西方人在踏上愛情這條路的過程當中，偏偏比我們多了一個叫做「Dating」的階段。

Dating 的中文翻譯雖然叫做「約會」，但當某種文化不存在另一種文化當中時，翻譯其實並沒有多大幫助，硬照著翻譯上的字面去做解釋，反而更容易引起誤會。

對歐美社會而言，Dating 指的是如果你和某人互有好感，想更進一步了解彼此，看看到底適不適合成為正式交往的男女朋友時，就可以先從 Dating 開始。Dating 期間的相處方式其實跟男女朋友的相處方式很像，而且只要雙方同意，牽手、接吻、上床都可以被視為是相互了解的一部分。等了解到一定程度後，再決定要不要變成男女朋友關係。與其翻譯成「約會」，不如解釋成「嘗試交往」或「試用期」會更貼近原意。

Dating 和男女朋友最大的不同點，在於 Dating 是沒有任何承諾的，既然沒有承諾，自然就沒有什麼「玩弄」或「欺騙」的罪狀可尋。

後來才知道，男女朋友這個字對西方人而言其實是相當嚴肅的，如果在工作圈或家人朋友面前介紹某某是自己的女朋友或男朋友，基本上就是在跟大家說，這是我認定的那個人，以後也有跟他（她）結婚的打算，絕不是隨隨便便認識幾天就可以決定的稱呼，更不是上了床就代表彼此的關係應該理所當然地晉升為男女朋友。

正式成為男女朋友後的第一個聖誕節，Andrew 提議去東法的阿爾薩斯（Alsace）度假。阿爾薩斯在法國是有名的酒鄉，有許多美麗的童話式小鎮，放眼看去盡是五彩繽紛的木造小屋，其中的柯瑪鎮（Clomar）更是宮崎駿電影《霍爾的移動城堡》場景的發想地。

我們租了一間座落在半山腰的小木屋，這種十三世紀建造的小木屋沒有暖氣系統，必須自己買木炭和木材回來放在壁爐裡燒，火燒起來之後，還要等熱氣沿著管線繞過整個屋子之後才會感覺溫暖，相當原始有趣。

吃過晚飯後，Andrew 提議窩在火爐邊看DVD，我回房間換上舒適的睡衣，當我走回客廳時，Andrew 疑惑地望著我身上穿的運動長褲和帽T：「妳穿的這是什麼？」

「睡衣啊。」我理所當然地說。

「這是犯人穿的吧。」Andrew 說。

「這是我心愛的睡衣好不好。」我湊近 Andrew，要他摸我帽T的質料，「你看，棉質的，很舒服。」

Andrew 盯著我帽T正前方：「敵情小姐是UCLA（加州大學洛杉磯分校）畢業的？」

我低頭看，帽T上果然寫著UCLA：「喔，這是有一年去美國西岸玩，在他們紀念品店買的，他們學校的東西好貴，好不容易被我找到這件只要三十美金，很酷吧。」我得意洋洋地說。

「什麼樣的人會穿著不是自己畢業學校的衣服，還如此得意洋洋？」Andrew 嘆了一口氣。
我愣了一下，突然覺得 Andrew 說得好像頗有道理。
「好了，搞笑時間結束，快回去換上那種性感可愛的睡衣吧。」Andrew 沒好氣地說。
「可是我只有這套睡衣啊。」我說。
「第一次跟男朋友去長途旅行，妳沒有準備比較性感一點的睡衣？」Andrew 的表情看起來十分震驚。
在東法的第一個晚上，我們就為了睡衣這件事槓上了。我怪罪 Andrew 不接受「真正」的我，Andrew 對於我沒有準備性感睡衣這件事百思不得其解。一直到回倫敦以後，跟其他英國女性朋友聊起這件事時，才知道對英國人來說，跟男朋友去外地度假時帶幾件漂亮性感的睡衣，就跟夏天穿無袖上衣要先刮腋毛一樣，不但是一種基本常識，幾乎可以說是一種情侶間的禮貌了。
除了聖誕節這類的長假之外，每逢週末假日，只要天氣稍微好一點（其實只要不下雨就會被歸類為「天氣好」），Andrew 就會興奮地吵著要去鄉下野餐。
還記得 Andrew 第一次帶我到位於倫敦西南方肯特郡野餐時，他把車子開到一個寧靜的湖邊。那天的陽光正好，平靜無波的水面上，溫婉地反射著太陽的點點金光，我們帶著一種拆禮物的心情，把紙袋裡的食材一樣一樣拿出來，放在雪白的野餐布上，blue cheese 在室溫下散發出誘人的香氣，藍莓像一顆顆璀璨的寶石一樣，結實飽滿地在掌心滾動。幾杯紅酒下肚，我們把鞋子脫了，光著腳在湖邊漫步。那天下午，我彷彿回到了童年時光，那種無憂無慮，和大自然如此貼近的感動。

位於肯特郡的 Bewl water 休閒公園，這裡地勢低窪，湖面和陸地連成一線，陸地上青綠色的植被不是青草，而是乾爽柔軟的苔蘚，走在上面，就像走在地毯上那樣舒服。

除了享受大自然，我們很也喜歡在鄉間小路上尋找驚喜。

郊區因為土地便宜，房子和院子都特別大，許多人甚至會在後院養一些雞鴨甚至山羊之類的小動物，過一點自給自足的農家生活。汽車開在鄉間，常常會看到住家門口插了一塊小小的紙牌，上面寫著「自家雞蛋，新鮮出售」等字樣，裝雞蛋的紙盒上還有主人孩子們樸拙的油畫創作圖案，這種家庭式的小攤販從來不會有人在旁邊顧攤位，只會在商品的旁邊擺一個小碗讓客人放錢，完全走自由心證路線。

每次看到這樣的家庭攤販，我跟 Andrew 一定會把車子停下來，走上前去一探究竟。有一次，牌子上面寫著：「我今年十歲，這是我第一次親手做巧克力餅乾，不小心做太多了，吃不完，希望你會喜歡，價錢隨意，不付錢也沒關係。」旁邊桌上擺了十來個歪歪扭扭、外形粗糙的巧克力餅乾，我好奇地吃了一塊，一吃之下驚為天人，立刻掏出五英鎊放進旁邊的小碗裡，然後飛快把攤位上所有的巧克力餅乾搜刮一空。

還有一次，我們跟某戶人家買了一盒新鮮鴨蛋，吃過一次之後就念念不忘，幾乎跟害相思病一樣。按捺了幾個禮拜後，我跟 Andrew 終於忍不住，專程為了鴨蛋開車去鄉下，好不容易找到那間民房，門口的鴨蛋招牌雖然還在，桌子上卻空空如也。我不死心，跑到屋子前去敲門。

女人開了門，一臉疑惑地看著我。

「不好意思，很想跟你們買鴨蛋，不過桌子上沒有，不知道你們家裡還有沒有存貨？」我說。

「放在桌上就是全部了……嗯，妳先在這裡等我一下。」女人轉頭往後院走去。

上圖｜倫敦附近的鄉間有許多迷人的可愛小屋。

下圖｜英國人向來以園藝出色聞名，隨處可見用心經營的美麗小花園。

除了隨時出現在馬路邊的家庭式攤販外，尋找隱身在鄉間小路上的Farm Shop也是我們的樂趣之一，常常可以在這裡找到有趣的農產品。

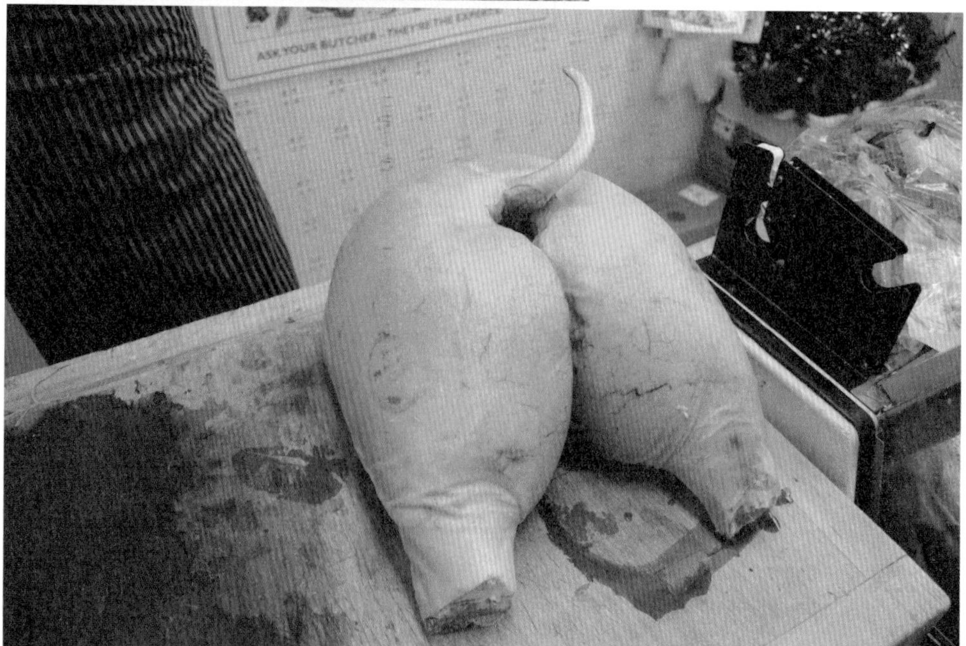

五分鐘後，女人拿著六個上面還沾著鴨糞的鴨蛋出現在門口：「妳真幸運，早上還沒動靜，下午就下了六個，摸起來還是熱的呢！」

這種家庭式的小攤子因為主人只是當興趣在賣，往往可遇不可求，但我們就是喜歡這種漫無目的尋寶的感覺。Andrew 至今保留著那幾個孩子們彩繪的雞蛋盒，念念不忘有朝一日要把盒子還給那些孩子，而我也一直懷念著那些外形醜怪、但扎實好吃的巧克力餅乾，總覺得那是旅途上很珍貴的一份禮物。（雖然 Andrew 覺得把未經包裝的巧克力餅乾直接放在大馬路旁邊賣實在太髒了。）

有一次車子開在鄉間小路上，Andrew 突然猛地緊急煞車。

Andrew 轉頭看我：「妳有看到嗎？」

「看到什麼啊？」我疑惑地問。

「一隻大野兔，倒在路中間。」Andrew 邊說邊打方向燈回轉，回到剛剛我們經過的路上，果然，一隻灰色的大野兔倒在馬路中間。

「我去檢查一下。」Andrew 飛快地下車了。

我看他蹲在路邊檢查那隻巨大的灰色野兔，搞不懂他在想什麼，不一會他回來了：「兔子的身上沒有明顯的外傷，應該是過馬路的時候被汽車的引擎蓋撞到頭，當場死亡，而且我摸牠的身體，還不太硬，應該死沒有多久……所以……」

我疑惑地看著他，等他把話講完。

「我想我們今天的晚餐有著落了！」Andrew 開心地說。

「等等，你是說，我們的晚餐是橫死在路邊的兔子？你在開玩笑吧！」我傻眼地看著他。

「我沒有開玩笑啊，而且吃 road kill animal（橫死路邊的動物）在法國鄉下可是非常時髦的一件事呢！」Andrew 說。

「你怎麼知道這隻兔子不是生病死在路邊的？如果牠有傳染病怎麼辦？」我驚慌地說。

「我們平時去市集上買回來的野兔肉，也都是獵人去野外獵來的野兔啊。而且我剛剛檢查過了，牠看起來很健康，不像是病死的，再加上今天的氣溫趨近零度，兔子一被撞死就立刻被大自然冷凍，非常保鮮。」Andrew 說。

「可是……」我一邊說可是，Andrew 已經去後車廂拿了塑膠袋，動作俐落地把兔子裝到塑膠袋裡，放進後車廂裡。

車子繼續在鄉間小路上奔馳起來，我感到有些不安：「我們的後車廂裡，有一具屍體耶……」

那天晚上，Andrew 動作俐落地幫兔子去皮，我問他是從哪裡學來這些「特殊技能」的，他說他的舅媽是法國人，小時候曾經跟著家人去法國過暑假，法國人最愛吃野味了，舅媽的兄弟們常常帶著獵槍到森林裡獵野味回來，小小年紀的他就在一旁幫著舅媽處理，烹調這些野味。

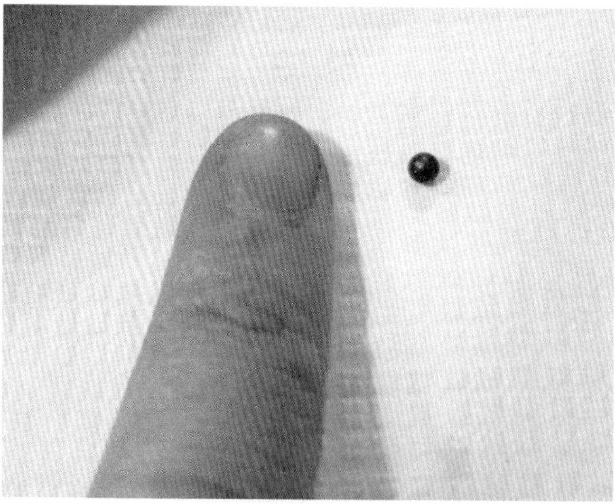

部分英國人也會去市集買野味（野兔、野鴨、野雞等）回來烹調，這些野味都是由獵人帶獵槍去森林裡獵捕回來的，所以吃的時候常常會在肉中間發現如 BB 槍大小的子彈。

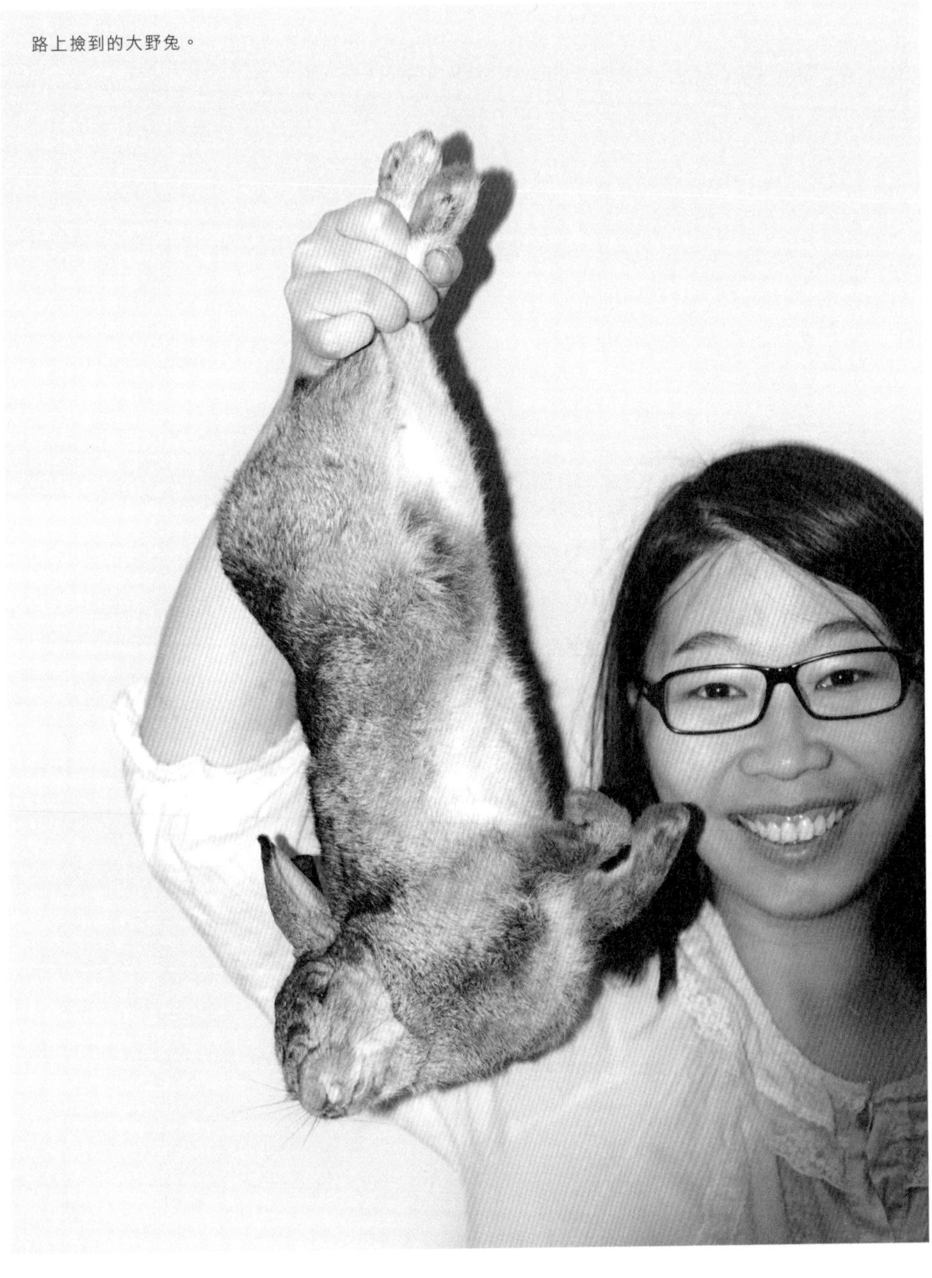
路上撿到的大野兔。

野兔事件發生後，我們又在鄉間小路上撿過一次兔子和三次野雞（Pheasant）。英國的野雞特別美，長得就像台灣保育類動物台灣帝雉一樣，有鮮艷的花紋，長長的尾巴，車子開在鄉間小路上，常常可以看到牠們雄赳赳、氣昂昂，成群結隊地穿越馬路。

雖然吃莫名其妙死在路邊的小動物讓我感到有些害怕，但真正讓我們中招的，卻另有其物。

話說除了處理野味的本領之外，Andrew 還從他舅媽那邊學到辨識野生香菇的能力。第一次一起去鄉下玩的時候，他就跟我說：「我有一個香菇鼻喔，可以在森林中嗅到香菇的蹤跡。」

每次一連下好幾天的雨，等到終於放晴的那天，Andrew 就會特別興奮：「我們快去森林裡找香菇吧！」

Andrew 的確像他說的，有一套找香菇的本事，每當在樹林裡散步時，我總是對那些躲在樹枝底下和周遭顏色融為一體的香菇們視而不見，但 Andrew 卻大老遠就能發現它們的蹤跡。

奇妙的是，野生香菇還真好吃，硬是比超市販賣的溫室香菇多了些許層次和鮮味，簡單洗乾淨，放在平底鍋上用牛油煎個三十秒，入口即化，唇齒生津。

有一次，我們在森林裡採了一袋野生香菇，回家的路上 Andrew 說：「明天早上，我做香菇蛋餅給妳當早餐吃吧。」

第二天早上，Andrew 剛從冰箱裡把那袋野菇拿出來，突然接到客戶的來電，他一邊跟客戶講電話，一邊對我比手勢，要我趁這個時間幫他把香菇洗好切好，等他講完電話就可以直接動手做香菇蛋餅。

正在過馬路的英國野雞，長長的尾巴看起來漂亮又神氣。

變成雞肉燴義大利麵了。

路上撿到的英國野雞。

吃完香噴噴的香菇蛋餅後，我陪 Andrew 到攝影棚準備隔天的拍攝工作。

一走進攝影棚，我先把堆在桌上的一疊髒碗盤拿去廚房清洗，洗著洗著，突然覺得平時輕而易舉的洗碗工作頓時變得困難起來，小小的碗盤拿在手上感覺特別沉重，慢慢地，我開始覺得全身痠軟無力，冷汗直流。

我硬撐著把所有碗盤洗完，虛弱地走回攝影棚，一開門，Andrew 望著我，他的動作和表情都十分怪異：「妳是不是覺得有哪裡不對勁？」

「我覺得很虛弱，手腳無力。」我突然覺得連說話都變得有些吃力。

「是那些香菇！我們中毒了！」Andrew 說。

Andrew 說我們必須立刻回家，看是不是能從垃圾桶裡切剩的香菇查出我們中的到底是哪種毒。短短十分鐘的車程，兩個人都可以清楚感覺到體力隨著時間一分一秒迅速流失，一回到家，Andrew 把垃圾桶裡的香菇找出來，並拿著他心愛的那本《香菇大全》認真翻閱，我則立刻上奇摩知識＋，看大家對於香菇中毒有什麼好辦法。

奇摩知識＋上說，誤食毒香菇最好的方法就是盡快灌大量清水，然後用手指挖喉嚨，想辦法把胃裡所有的東西都吐出來為止。我立刻灌了很多清水，跑去廁所狂吐起來，每吐一點東西出來，就覺得身體又舒服一點，不久之後，先前那些四肢無力、痠軟不適感漸漸褪去，雖然仍然感到虛弱，卻可以很清楚地感覺到我又重新贏回身體的自主權。

我走回房間看 Andrew，躺在床上的他看起來臉色發青，他懊惱地說應該是他不小心把其中一種毒菇看成是可以吃的小白菇。

「唉，我不該叫妳切洗那些香菇的，那種毒菇跟小白菇外形幾乎一模一樣，但只要用刀切開菇身，就會發現它其實不是正常的小白菇，如果是我自己切的話肯定會發現，也不會搞成現在這樣了。」Andrew 沮喪地說。

「我剛剛灌清水，把胃裡的東西全部都吐出來，效果很好耶，你快去試試！」我說。

Andrew 彆扭地表示在女朋友面前嘔吐實在太沒形象了，勸了半天才拖拖拉拉地去廁所嘗試，不過最終好像也沒能吐出什麼東西來。總之，我因為吐得很盡興，當天下午又蹦蹦跳跳，健康如一尾活龍，而 Andrew 則因為毒香菇事件，虛弱了將近一個禮拜的時間。

CHAPTER 6 在歐洲拍照的日子

看著陳晶晶心滿意足地喝著湯，我們忍不住相視而笑，那一刻，我們離家好幾萬里，遠在柏林的陌生餐廳，兩個病懨懨的女人，卻覺得心貼得好近好近。

HAPPY HOUR
GUINNESS

有的人，你或許早已經跟他擦肩而過好多次，卻一直要等到某一天，緣分終於決定把你們擺在一塊了，你們才終於「看見彼此」。

我跟陳晶晶小姐念的是同一所高中，而且還是隔壁班的同學，但不知道為什麼，兩個人對彼此的記憶度一致是零，照理說只有一牆之隔的兩個班級，朝會的時候、打掃的時候、上廁所的時候、在走廊上嬉鬧的時候，長達兩年的時間裡，至少也該擦肩而過上百次吧？

總之，我們相遇的時間，從十七歲一路 delay 到二十五歲。

二十五歲那年，我剛結束歐洲的旅程，回台灣等待英國工作簽證，就在這個時候，我接到揚名影視委託的藝人宣傳照拍攝工作。

我打電話給大學念服裝設計系的貓小姐，請她幫我介紹可以幫藝人做服裝搭配的造型師，貓小姐在電話裡說：「妳知道我們高中，九班那個陳晶晶嗎？妳找她就對了。」

我就這樣認識了陳晶晶，一個外表幹練、工作實力堅強的女孩。

陳晶晶大學念的是服裝設計，畢業後從雜誌編輯做起，雙子座的她聰明且衝勁十足，對自己要求也高，老闆發現她工作能力強，開始把越來越多工作交在她手上，不到短短兩年的時間，陳晶晶就升上主編的位置。

藝人的案子拍完後，我跟陳晶晶也變成無話不談的好朋友，離開台灣前，我跟陳晶晶說，要她有空務必來倫敦找我玩。

行動力超強的陳晶晶在那年冬天來到倫敦，並在短短兩個禮拜的時間瘋狂愛上這座城市，臨上飛機前晶晶跟我說：「美恩，我一定要來倫敦生活一段時間，我要來倫敦念書。」

原本以為她只是說說，畢竟當時她在台灣的事業發展得那麼好，沒想到半年後，她竟然真的把工作辭了，搬到倫敦念語言學校。

我去機場接機時，平時打扮光鮮亮麗的陳晶晶搖身一變，穿得像個純樸的大學生，我們笑著擁抱彼此，我跟她說：「我真的很訝異妳會捨得放下台灣的工作，來倫敦當一個窮學生。」

「我也很掙扎啊，可是如果現在不走，將來要是有更好的工作機會，只會更捨不得走，把這點想通之後，就很容易做決定了。」陳晶晶笑著說。

我跟陳晶晶在倫敦一起度過許多美好的時光，逛街買東西，喝咖啡談心，看展覽等女孩們喜歡跟手帕交一起做的事情。不過，真正把我們友誼提升到另一個層次的，卻是之後肩並肩，宛如戰友般一起在世界各地拍照的那段日子。

話說陳晶晶來到倫敦那年冬天，我們接到雜誌服裝單元的委託，經過討論後，決定在柏林、米蘭、斯德哥爾摩和香港這四座城市進行拍攝。

第一站，我們來到柏林。

這座如今全世界都在瘋狂討論的城市，據說是藝術家和設計師們最嚮往的天堂，我跟陳晶晶都不曾去過柏林，雖然出發前找過一些資料，也對拍攝內容有了初步的構想，還是很好奇會與柏林擦出什麼樣的火花。

比起喧囂擁擠的倫敦，柏林的街道寬敞許多，人們態度親切，步伐從容，絲毫感覺不到大

柏林街頭隨處可見精彩的塗鴉作品。

HASE

都市匆忙緊張的氣氛。第一天晚上，放好行李後，我跟陳晶晶迫不及待要去試試遠近馳名的德國啤酒。我們在柏林街頭閒逛，找到一間擠滿人的餐廳，點啤酒的時候，我們請 waiter 推薦，waiter 用小杯子裝了一種黑啤酒給我們嚐味道，濃濃的黑色液體，厚厚的乳白色泡沫，看起來像某種毒藥的顏色，卻驚人地好喝，我跟陳晶晶平時都是不喝啤酒的人，當下二話不說，一人點了一品脫（五〇〇CC）的黑啤酒，主菜還沒上，兩人早已經因為酒精的關係，笑得東倒西歪了。

第二天早上，我們跟 Showroom 負責人 Simone 約碰面拿衣服，因為太習慣倫敦時尚產業的做作和勢利眼，我跟陳晶晶還特別準備了黑色絲質套裝和高跟鞋去見 Simone，沒想到 Simone 居然只紮了一個簡單的馬尾，態度親切得像個鄰家女孩，腳上還穿著球鞋，一點也沒有時尚圈慣見的矯揉造作，相較之下，我們的裝扮反倒顯得刻意了。

告別 Simone 之後，我跟陳晶晶先去勘察我們預定拍攝的地點——柏林圍牆。

柏林圍牆的出現，源自第二次世界大戰後，戰敗的德國被蘇聯、美國、英國和法國瓜分，分裂成共產主義的東德和資本主義的西德，而柏林這座城市則剛好位於東西德的交界處。

美蘇冷戰期間有超過三百萬人從東德逃到西德，迫使蘇聯政府在一九六一年一夜之間派軍隊封鎖邊境，架起鐵絲網，動手築起了這座長一百五十五公里，高三．六公尺的圍牆，並下令任何企圖穿越邊境的人都將被射殺。許多人一覺醒來，才發現柏林已經一分為二，數不清的家庭、情人、朋友被拆散，從此被隔絕在一道牆的兩邊，這一分別，就是二十八年。

許多人因為思念親人，或想投奔自由，開車硬闖、挖地道、自製熱氣球、從附近高樓一躍而下、撐桿跳、滑翔翼、從運河游泳、躲在汽車引擎蓋裡等各種闖關方法每天都在上演，有許多人成功了，也有許多人因此喪命，一直到一九八九年德國再次統一，柏林圍牆才終於被拆毀，走入歷史。

距離柏林圍牆倒塌，至今還不到二十五年，許多像我一樣年紀，在台灣長大的年輕人，從生下來就享盡自由的權利，我們從來沒有被限制、禁錮過的經驗，一想到這樣的悲劇其實離我們一點都不遠，還是不免感到震驚。

我們搭乘火車來到弗里德里希沙恩（Friedrichshain），這座如今僅存最完整的圍牆遺址，全長一・三公里，牆面上集結了世界各地一百一十八位畫家的繪畫創作。這裡的畫作都有些超現實，甚至是用黑色幽默的方式，笑中帶淚地討論沉重的歷史議題，畫中東德人像土撥鼠一樣在地下挖著地道，也有企圖爬梯子穿越圍牆卻被警犬咬屁股的，柏林政府為這個雄偉的露天公共藝術取了個新名字，叫東邊畫廊（east side gallery）。

所有的畫作當中，我特別喜歡其中一張兩個老男人相互擁吻的作品，一剛開始還看不太懂創作者的用意何在，後來才知道畫作裡的兩位男主角是前蘇聯領導人布里茲涅夫和戰友埃里希・昂納克，這幅被取名為《社會主義兄弟之吻》的作品，就是在諷刺蘇聯獨裁者們的惺惺相惜。

看過柏林圍牆，似乎很容易就可以明白，把柏林推上世界藝術舞台最大的動力，就是源自於人民對自由這件事的渴望。倫敦也很強調自由，但倫敦的自由帶著一種「井水不犯河水」的反骨，柏林的自由，卻充滿「生命誠可貴，愛情價更高，若為自由故，兩者皆可拋」的拚勁和熱

МОГИ МНЕ ВЫЖИТЬ
СМЕРТНОИ ЛЮБВИ
IESE TÖDLICHE LIEBE ZU ÜBERLEBE

柏林圍牆上的作品之一《社會主義兄弟之吻》。

血，這裡的人在自由這件事上付出過極高的代價，造就他們義無反顧、不願隨波逐流的精神，難怪會吸引到世界各地的藝術家們。

我跟陳晶晶最初的構想，只是單純想以柏林圍牆的精神為主題，拍攝這次的服裝單元，但回到旅館，攤開柏林地圖，看著那一個又一個地名，關於歷史的，關於藝術的，關於建築的，柏林是這麼豐富，我們突然激動起來，總覺得似乎可以把範圍再擴大一點，用一種更多元的方式去討論這座城市的靈魂。

這個想法把我們兩個都嚇了一跳，畢竟如果真的這麼做的話，拍照當天肯定工程浩大，勢必要在一天之內在偌大的柏林市裡不停移動、跑點，想著想著，又覺得興奮得不得了。隔天早上，我跟陳晶晶六點就從床上彈起來，吃過早餐，穿好球鞋，抓著地圖，蹦蹦跳跳地出門去了。

因為時間有限，我們必須在一天之內到柏林市內二十個不同的地點勘景，途中還安插了要去三個不同Showroom拿衣服的行程。我跟陳晶晶一路都是用疾走的速度，馬不停蹄地趕路，猶太博物館、浩劫紀念碑、博物館島、洪堡大學、國會大廈、布蘭登堡門、威廉大帝紀念教堂、哈克庭院、塔哈拉斯（Tacheles）藝術村……那天我們走了整整十個小時的路，除了中間有幾次停下來買熱狗果腹和上廁所之外，根本就像在逃難一樣，連坐下來伸伸腿的時間都沒有，晚上回到旅館，我連大衣都來不及脱，就歪倒在床上睡著了。

塔哈拉斯藝術村。塔哈拉斯在古猶太文中是「有話直說」的意思。

塔哈拉斯藝術村是勘景時我最印象深刻的地方，宛如廢墟般的巨大建築，撲天蓋地的塗鴉，一個又一個沉醉在創作中的藝術家。然而，在我們離開柏林的五個月後（二〇一二年九月四日），因為租約到期的關係，這棟柏林市僅存的反資本主義堡壘，經過漫長的抗爭後再次回到財團的手中，而照片裡這些景象，也終將成為回憶。塔哈拉斯在古猶太文中是「有話直說」的意思。

睡夢中，我隱約感覺到有人在推我的肩，睜開眼，是陳晶晶。

「美恩，我好餓。」陳晶晶說。

我掙扎地從床上爬起來，走到鏡子前，覺得臉看起來紅紅的，摸起來痛痛的。

「我們都曬傷了。」陳晶晶說。

「怎麼可能？」我訝異地說。

柏林氣溫才兩度，圍圍巾、戴毛線帽都來不及了，我實在沒想到要擦防曬油這件事，沒想到在外頭奔波了一天，竟然中了太陽公公的標。

陳晶晶的臉色看起來很差，好像病了，她說肚子餓，而且只想吃中國菜。

我打開電腦，發現中國餐館都離我們旅館很遠，平時如果是這種狀況，個性隨和、吃苦耐勞的陳晶晶就會算了，但是那天，她迫切地想吃一碗中式熱湯麵，讓我想到我生病時，也會突然有非某種食物不吃的心情。最後，我們選了一間離旅館最近的中國餐廳，一走進去，只見天花板上全是紫的綠的螢光燈管，整間餐廳時髦得像個 lounge bar，這裡沒有熱湯麵，只有小巧精緻的港式點心，價錢還貴得驚人，我跟陳晶晶看著菜單苦笑，最後好不容易選了幾道點心、一盅湯。

當熱湯送上來時，我雖然意識渙散得幾乎要在喧鬧的餐廳裡當場睡著，但看著陳晶晶心滿意足地喝著湯，我們忍不住相視而笑。那一刻，我們離家好幾萬里，遠在柏林的陌生餐廳，兩個病懨懨的女人，卻覺得心貼得好近好近。

拍照當天，柏林的天空下著細雨，空氣中的寒意逼得人直打哆嗦。我跟陳晶晶挑了六個柏林代表性的地點拍攝，分別是柏林圍牆、知名建築師丹尼爾·里伯斯金（Daniel Libeskind）設計的猶太博物館、博物館島、柏林大教堂、浩劫紀念碑和塔哈拉斯藝術村，這六個地點遍布柏林的東南西北，幸好柏林的計程車不貴，也多虧模特兒 Jacky 的和彩妝師 Manuela 的配合與專業，才有辦法順利把六個點拍完。

每次回想起柏林這場拍攝，都覺得彷彿完成了一件不可能的事情。天氣那麼冷，六個地點相隔那麼遠，時間如此緊湊，點跟點之間還要不停找咖啡廳讓模特兒換衣服、整理妝髮，並在有限的時間內拍出自己想要的感覺，種種不確定的因素都是挑戰。這也許並不是我拍得最好的一次，事後檢討也覺得還有很多內容可以想得更周全、做得更精緻，但我還是覺得好開心，因為我跟陳晶晶最後選擇挑戰自己的極限，而不是在安全範圍裡做自己拿手的事情。也許，我們也在不知不覺中，稍稍感染到一點柏林的冒險精神吧。

《La Vie—Berlin Spirit》

M.Engel 90-09
etzten Stücks"
E-MAIL: MARCENGEL@T-ONLINE.DE
TEL: 0172 37 600 36
Special thanks to Jens & Jörg

Many Thanks to
Alexandr Brodowski
Rozwita Brodowskaia
Gennadiy Melnikov

離開柏林，我跟陳晶晶來到米蘭。

一走出機場，米蘭不客氣地下起滂沱大雨，濕答答的我們好不容易找到旅館，打開網路查天氣預報，這場雨居然要一連下五天，不幸中的大幸是，這場雨剛好下到我們預定拍攝那天早上停，我跟陳晶晶彼此互望，深深嘆了口氣，套回濕答答的球鞋，撐起傘出門勘景去了。

我們預計在米蘭拍攝的服裝單元主題，靈感來自於二十世紀初在這座城市誕生的未來主義思潮。

工業革命之後，汽車、飛機、工業化城鎮崛起，機器所帶來的產能和速度徹底顛覆了人們過去幾百年來對世界的看法，一九〇九年米蘭出現了以詩人馬里內諦為首的一群藝術家，他們以未來主義者自居，大力推崇速度、科技、動能等現代元素，迷戀暴力美學和戰爭，並致力將這些元素融入藝術創作當中。同時，他們也宣告對舊信仰和傳統藝術的唾棄與不屑，認為一切與過去有關的事物都將成為藝術家創作時的包袱，並且阻礙藝術前進的腳步。這樣的見解一度成為義大利藝術圈的主流，甚至擴散到整個歐洲大陸。雖然未來主義思潮的聲浪像彗星一樣，只出現短短二十年的時間就消失了，但其打破傳統的前衛風格卻留給後來不同領域創作者們諸多啟發，就像今天我們看到的蒙太奇剪接手法、巴黎龐畢度藝術中心的建築結構，甚至像電影《魔鬼終結者》這種將人類和鋼鐵機械結合的想像創意，都保有濃濃未來主義的影子。

甚至，今天的人們做事講求效率，喜歡吃麥當勞、肯德基等快餐，便利商店裡成列的膠囊和活力飲品，就是為了讓沒空從食物中攝取營養的人能快速補充，和當年強調速度感與最新科技的未來主義激進藝術家們，是否也有不謀而合的地方呢？

經過討論，我和陳晶晶為這次拍攝設計了一系列以諷刺人類追求科技到極致荒謬的誇張小故事，故事中的兩位女主角奉行享樂主義，對傳統建築和藝術極盡嘲弄之能事，而為了要充分活得像個「未來人」，她們決定把平時喝的飲料換成汽車機油，期待從中獲取最大的動能，而原本應該要裝義大利麵的盤子裡，也被換成電纜使用的金屬線麵條。

決定了每一組照片要講的故事後，我們又歸納出三項需要採買的道具，分別是：

1 機油罐

2 超級市場的推車（方便女孩們嬉鬧用）

3 各式各樣的金屬線

原本以為這些道具應該很好找，所以我跟陳晶晶把大部分的時間都放在勘景上，只留拍照前一天去採買道具。沒想到在寸土寸金的米蘭市中心裡，舉目望去，世界級的各大精品一樣不缺，但日常生活中最基本的幾種店家卻幾乎不存在，我們費了一番功夫，才在市中心找到一間超市，沒想到那間超市太小，沒有賣機油或電線鐵絲那類的東西，我只好先跟店員詢問借超市推車的事。

「這件事我不能做主，妳要問我們經理。」店員說。

那間超市有一樓和B1，我在B1的辦公室裡找到經理，詢問他借推車的事，經理表示推車不能借，我退而求其次，問他能不能借我們兩個超市的購物籃就好，經理的答案還是No。

我頹喪地回到一樓，陳晶晶正提著購物籃在挑選明天拍照時要給工作人員吃的午餐和礦泉水，一聽到借推車和購物籃都不成功，陳晶晶的眉頭立刻皺了起來。

結完帳，只見陳晶晶默默把午餐和礦泉水放回購物籃裡，一聲不吭，緩緩往超級市場出口移動。

我急忙拉住她，緊張地說：「妳在幹嘛？妳沒看到門口那個比史瑞克還要大隻的黑人警衛？妳該不會想帶著購物籃，假裝若無其事地硬闖出去吧？妳真以為他不會發現？」

「過不過得去，總要試試看才知道。」陳晶晶一臉冷靜地說。

我看著陳晶晶堅決的表情，知道無論如何她都會選擇奮力一搏，急忙搶過她手上的購物籃：「不要這樣啦，不然我再問一次看看嘛。」

我硬著頭皮走到旁邊的詢問台，跟站在詢問台後面的小姐表示我們想借這個購物籃去拍照，保證明天晚上一定拿來歸還。

「好啊。」小姐一副很ＯＫ的樣子。

這麼輕易就答應，反而是我傻眼了：「真的？妳願意借我們？」

「對啊。」小姐說。

「真的？」我還是不敢相信，那我剛剛在B1上演了二十分鐘的苦苦哀求戲碼到底是為了什麼？

「不然妳押個證件好了。」小姐說。

三分鐘後，我跟陳晶晶一人手上拿著一個鮮紅色的超市購物籃走出超市，走得遠了，我才如夢初醒地說：「早知道會這麼容易，剛剛應該要順便問她能不能借推車的。」

購物籃到手，我跟陳晶晶還有機油和電線鐵絲要找，站在偌大的米蘭大教堂廣場上，突然覺得自己好像在玩某種有趣的尋寶遊戲。

《La Vie—Made in Italy! Made from Futurism!》

想買汽車機油還不簡單？去加油站就對了！我抬頭看到路邊有一間法雅客書店，心想書店的櫃檯人員英文應該不會太差吧，立即跑進去：「May I ask is there a gas station nearby（請問這附近有加油站嗎）？」

「PlayStation（電動玩具主機）？You want PlayStation？」櫃檯人員笑得好親切：「妳往這邊走，下個通道……」

「No, gas station! Gas station! Gas! For car!」我開始擺出握方向盤開車的動作，嘴裡同步發出引擎隆隆作響的聲音，然後又用手比成「7」的形狀，一邊做幫汽車加油的動作，一邊配合地發出「咕嘟咕嘟」的聲音。

「啊！」櫃檯小姐露出恍然大悟的表情：「Petrol station！」（美國習慣加油站講 Gas station，而歐洲習慣講 Petrol station。）

櫃檯小姐認真地畫了一張地圖給我，地圖本身看起來不複雜，但櫃檯小姐接下來說的話就真的嚇到我了：「差不多走半個小時……嗯，四十分鐘就會到了。」

我問櫃檯小姐有沒有比較近一點的加油站，她動作誇張地揮舞著雙手：「No，加油站都在城外，裡面沒有，對了！妳動作要快一點，這間加油站五點就關了，妳還有一個小時的時間。」

原本的尋寶遊戲，從此刻正式變成有時間限制的尋寶遊戲。

於是我跟陳晶晶這兩個台灣姑娘，一手提著超市鮮紅色的提籃，另一手提著明天工作人員的午餐和礦泉水，在人來人往的米蘭市中心，開始了我們尋找加油站的長征。

半個小時後，我們來到法雅客小姐地圖上的目的地，卻沒有看到預期中的加油站。

我們問了好幾個路人，路人看起來都一臉茫然，好像他們都是不小心迷路才會走到這一區的，眼看時間逼近五點，我跟陳晶晶緊張極了！突然我看到一台警車停在路邊，兩個警察好端端地坐在車子裡，我們心想，或許警察會是問路的好對象？

我跑上前去，敲敲車窗，車子裡的警察搖下車窗，我立即開口：「請問……」話還沒說完，車子裡的警察對我做了個「稍等」的手勢，然後他又對我做了個「請後退」的手勢。

我狐疑地後退兩步，只見那位坐在車裡的警察開門下車，從口袋裡拿出一支小小的梳子，對著汽車後視鏡動作流利又耍帥似地梳了梳他的油頭，然後才轉向我：「親愛的小姑娘，我能幫妳什麼忙嗎？」

「有人跟我說這條街上有一個加油站，可是我找不到，你知道這附近有加油站嗎？」我問。

警察先生帥氣地側頭思考了一下，然後他把頭探進車窗裡，用義大利文跟他的夥伴討論了五分鐘，然後望著我，充滿戲劇效果的表情十足像六〇年代的默片演員：「親愛的小姑娘，我們不是這個轄區的，這裡有沒有加油站，我們也不是很清楚，很抱歉，請問還有什麼是我們能為妳效勞的嗎？」

我覺得既荒謬又好笑，敢情這兩個警察也是不小心迷路才走到這區嗎？

告別了警察先生，我們終於遇到一個知道加油站在哪裡的路人，抱著半信半疑又別無選擇的心情，我們趕在四點五十五分找到了傳說中的加油站。

幾乎喜極而泣。

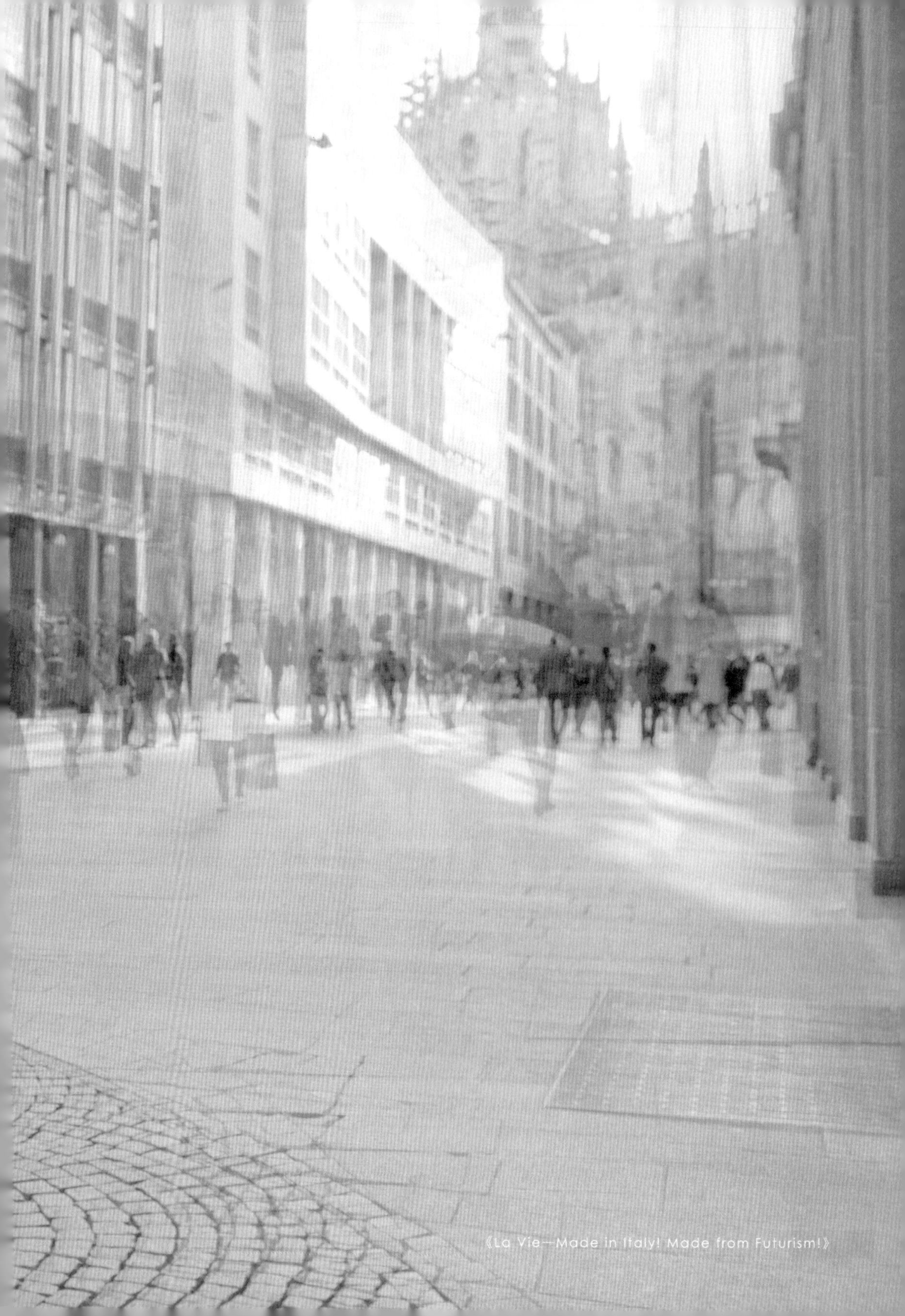

《La Vie—Made in Italy! Made from Futurism!》

拖著沉重的步伐回到旅館，已經傍晚六點多了，我們還是沒能找到五金行，買用來做義大利麵的電線跟鐵絲。

「不然就放很多刀叉在盤子裡，讓她吃刀叉好了。」陳晶晶安慰地說。

吃過晚飯後，我跟陳晶晶決定散步到米蘭大教堂，看看美麗的夜景放鬆一下心情。

米蘭大教堂的附近有很多小攤販，賣各式各樣有趣的小東西，遠遠地，有一攤看起來特別熱鬧，被一群年輕男女團團圍住。我跟陳晶晶好奇地走上前去，探頭一看，才發現攤子上擺著各式各樣用色彩鮮豔鋁線折成的小動物和英文名字，圍在攤販旁邊的年輕男女們正在等藝術家當場用鋁線折他們的名字，只見折好的名字用皮繩一串，往脖子上一掛，就成了獨一無二的漂亮項鍊。

當眾人都認真地在看藝術家展現精湛手藝時，我卻痴痴地看著藝術家旁邊那一大捆色彩鮮豔的鋁線，紅的、藍的、綠的、黃的，閃閃發亮，這不正是最適合拿來做瘋狂未來主義少女義大利麵的素材嗎？

等人群散去後，我帶著我這輩子最誠摯迷人的笑容靠近攤位：「你好，我知道這麼問似乎有點沒禮貌，但我有一個不情之請，希望你可以答應我。」

「什麼事？」藝術家問。

「我希望你可以賣一點這個線給我。」我指了指他旁邊那捆鋁線。

「不行不行，這是我要做生意用的，我可以給妳五金行的地址，你自己去五金行買。」藝術家說。

「我明天一大早的飛機，就要回我的國家了，我從來沒在我國家看過這麼美麗的線，拜託你一定要賣給我，拜託你！」我佯裝激動，眼光泛淚地說。

「不行不行，我還要做生意呢，如果等一下有人要叫我做項鏈，我不就沒材料了。」藝術家態度堅定地說。

正說呢，又有兩個客人走上前來要藝術家幫他們做項鍊，我跟陳晶晶退到一邊去，看看錶，也才晚上八點，反正時間還早，我們決定守株待兔。

十點半，廣場上的人潮漸漸褪去，眼看藝術家開始整理東西，似乎準備打道回府，我們又走上前去：「拜託，只要賣一小段給我就好了。」

「妳看上哪個顏色啊？」藝術家的態度似乎有點軟化。

「哪個顏色你比較少用到的，我就拿哪個顏色。」我歡天喜地地說。

「那就藍色吧，看妳這麼有誠意，還在旁邊等了我一個晚上。」藝術家終於鬆口了。

一手交錢一手交貨時，藝術家一邊搔頭，一邊疑惑地喃喃自語：「鋁這種東西明明很普遍啊，真不敢相信這個世界上居然會有國家沒有賣這種鋁線，真是太不可思議了……」

隔天拍照的時候，一切都進行得非常順利，不過比較有趣的是，義大利人真的是非常熱情逗趣的民族，每一個我們借來拍照的場景，不管是餐廳、花園還是大門口，負責人都會大張旗鼓地召集親朋好友（或公司同事）出來跟模特兒拍大合照，甚至許多路人都會跑過來要求用手機和模特兒臉貼臉自拍，這種盛況在害羞謹慎的英國幾乎從來不曾遇過，實在是相當有趣的經驗。

《La Vie—Made in Italy! Made from Futurism!》

不過拍到最後一套衣服時，我們來到了米蘭大教堂旁邊人潮洶湧的 Via Torino 大道，只見造型出眾、鶴立雞群的兩位模特兒一站到街道中央，立刻引起洶湧的人潮圍觀，從老到小紛紛掏出手機開始側拍。說真的路人想要拍幾張照作紀念我們並不在意，但好幾個年輕男子看模特兒裙子穿得短，竟不要臉地靠上前去，明目張膽地拿手機惡意偷拍模特兒的裙下風光，嚇得模特兒驚慌失措，一度眼眶泛淚，差點造成拍攝中止。

其實這樣的經驗不是只有在米蘭發生，過去在倫敦拍外景的時候，也常常在拍攝現場遇到一些似乎精神有問題的流浪漢，他們會故意蹲低在一旁，一邊用意淫的眼神盯著模特兒，一邊說：「我看到妳的小褲褲了，我看到妳的小褲褲了。」或者伸出舌頭，對模特兒做出舔的動作，一邊說：「妳的胸部好軟，好甜，好好吃喔。」等穢語，讓模特兒神經緊張，無法專心完成拍攝工作。

拍外景時常常會有各式各樣無法預料的狀況發生，每次都在訓練我們的應變能力，但每當有這類猥褻的事情發生時，我都會想，如果我是男生，或我們團隊裡有比較多男生，這些年輕男子或流浪漢或許就不敢這麼造次了。

CHAPTER7 我的風格

我想，我就是那個會跟模特兒手挽著手蹦蹦跳跳，笑得很開心，圓臉上找不到一絲威嚴的攝影師，或許這就是我的風格。

飛機還沒抵達斯德哥爾摩，我就可以從乘客身上感覺到瑞典人那打從骨子裡散發出來的空靈氣質：毫無血色的臉龐，熠熠金髮，寶石般璀璨卻沒有一絲溫度的藍眼睛，他們規規矩矩地坐在自己的座位上，不恣意張望，也只維持最低限度的表情變化，坐在一旁偷看的我，腦子裡能想到最好的形容詞就只有安徒生童話裡的雪之女王。

倫敦人很冷漠，但倫敦人的冷漠裡帶有一種少來煩我的人味，雖然憤世嫉俗了點，畢竟還是人的樣子；瑞典人的規矩和完美，讓我覺得他們有點像配備完美的機器人，或是神話裡的精靈，就是少了那麼一點七情六慾。

出了海關，我跟陳晶晶去銀行櫃檯換瑞典克朗，小姐把換好的錢遞給我時，她的雙眼直視著我，嘴角露出了一絲淺得難以察覺、稍縱即逝的微笑。如果說微笑可以用彎曲幅度大小分等級，那絕對是我這輩子見過幅度最小的一個微笑，那不是勉強擠出來的制式化微笑，因為制式化微笑裡有太多資本主義的複雜背景，也不能說是皮笑肉不笑，因為就連皮笑肉不笑都有情緒多了。銀行小姐的笑容，是完全嶄新的物種，在我腦海裡久久揮之不去。

買好從機場去市中心的巴士車票後，眼看離發車時間還早，舟車勞頓了大半天的我們決定去機場自助 cafe bar 裡找東西吃。

一看到自助餐的海報上有每去 IKEA 必點的經典牛肉丸子，我興奮地跟陳晶晶說我們試試原產地的口味好不好，陳晶晶歪著頭想了一下，說她比較想吃生菜沙拉。

機場的食物很貴，一口氣點兩種食物實在有點負荷不起，經過討論後，我們決定先吃生菜沙拉。

坦白説，英國的生菜沙拉難吃得令人了無生趣，我對同屬天寒地凍國家的瑞典也不抱持太大的信心。只見陳晶晶沿著冷藏櫃左挑右選，最後小心翼翼地端出一個透明碗裝的沙拉盆，湊近看，裡面的沙拉綠葉嬌艷欲滴，好像剛剛才從菜田裡拔下來的。光潔的白煮蛋，充滿彈性的雞胸肉條，金黃色的玉米，柔嫩的香菇切片，底下還鋪了一層厚厚的Couscous（北非小米）。付了錢，打開塑膠盒蓋，濃郁的香氣撲鼻，我和陳晶晶拿湯匙各吃了一口，只能很俗氣地説這碗沙拉好吃得讓我想哭，實在很難想像機場自助cafe bar裡的冷藏櫃上可以買到如此有水準的沙拉。

我從來就不是一個喜歡吃生菜沙拉的人，一直覺得沙拉這種這種食物基本上就是拿來減肥或補充纖維素用的，雖然也吃過不錯吃的沙拉，但這碗沙拉優秀的程度絕不是我過去認識的沙拉們可以比擬的，不論是食材新鮮的程度，或讓人心滿意足的感受，都讓我有一種想在叉燒飯上翻滾的衝動。

我吃東西向來走狼吞虎嚥路線，但那天下午，我和陳晶晶帶著一種感動的心情一起慢慢把那碗沙拉吃完。原來真正好吃的東西，是會讓你想慢下腳步，更細心地品嚐裡面的每一絲滋味，原來真正好吃的東西，只要一點點，就可以讓人覺得心滿意足。這個邏輯似乎不只可以用在食物上，人生、愛情、事業，也理當如此。

吃完沙拉，我們準備去排隊搭車，一走到戶外，斯德哥爾摩的天空藍得不可思議，那是一種均勻透徹、平靜無波、沒有半點雜質的藍，讓我聯想到科幻電影裡太空人從太空船艙的窗戶俯瞰地球時，那大氣層外，邊緣微微泛著紫光，僅存在於外太空的藍。

藍天倒映在機場的玻璃外牆上，真實得讓人分不清哪邊是天空、哪邊又是玻璃。我情不自禁湊近那片乾淨到不可思議的玻璃外牆，用指尖輕輕觸碰，奇異的是，我的手居然沒有沾上一絲灰塵。

我訝異極了，跟陳晶晶討論怎麼可能會有這種事，兩個人還猜想該不會是機場為了維持美觀，每天請人專門擦拭機場外牆玻璃，但畢竟怎麼想開銷都太大了，這個話題後來不了了之。但接下來在斯德哥爾摩的一個禮拜裡，我跟陳晶晶每天晚上卸妝時，都會發現卸妝綿上除了我們原本粉底的顏色外，竟沒有一點髒污的灰黑色，才歸納出機場的玻璃外牆會那麼乾淨，可能並不是有人每天擦拭維持美觀，而是斯德哥爾摩的空氣根本乾淨得一塵不染。

巴士離開機場，開上一條窄小的鄉間小路，列入眼簾的是山巒疊起、如夢似幻的大片針葉林、宛如所有童話故事的原鄉、美女與野獸的城堡、七矮人的小木屋、小紅帽遇見大野狼的場景。我們聊著聊著，不知不覺兩個人都睏了，醒來的時候，夕陽西下，金光透過窗簾隙縫，斜斜掃進車廂，我小心翼翼地掀開巴士窗簾一角，只見巴士已駛入市區，筆直的金色陽光在一座座充滿未來感的金屬玻璃帷幕建築物間跳躍著，像小時候我們對著太陽把玩的三稜鏡，頑皮又充滿活力。

機場的沙拉實在叫人魂牽夢縈，在旅館 check in，放好行李之後，我們立刻馬不停蹄地殺去當地超級市場。

我只能說，斯德哥爾摩的超級市場是天堂。

斯德哥爾摩的食物，說穿了就是無敵新鮮和品質好，雖然價錢比歐洲其他國家貴一點，但以它的品質來說，我一點都不會覺得被坑，反而還有一種賺到的感覺，特別是超級市場裡的新鮮麵

海風徐徐吹來，寧靜又美麗的斯德哥爾摩街景。

包、沙拉、優格、牛奶和生魚片等，口味多元，樣樣精彩，簡直讓人不知該從何下手，只希望自己有一天吃六餐的能力，至少要把每一種口味都吃過一遍才過癮。

雖然在斯德哥爾摩只待了短短七天，也只去過兩次餐廳，大部分的食物都是超級市場買來的，但我已經對這座城市提供的各種食物累積了百分之百的信心。比起倫敦一不小心就會踩到地雷，賠了銀子傷了胃的步步為營，斯德哥爾摩就是讓我覺得很安全，彷彿矇著眼睛隨便走進一家店，都可以吃到有一定水準的美食。

第二天早上我跟陳晶晶出門勘察拍照的景點，走著走著，我被沿途一種奇異的景象困惑著。不知道為什麼，這座城市裡推嬰兒車在街上溜達的有一半以上都是男人，不是那種夫妻倆出來逛街時體貼老婆幫忙推嬰兒車的男人，是獨自推著嬰兒車、一邊在超級市場裡買菜一邊哄小孩的男人，經過公園和百貨公司時，也不乏獨自牽著孩子散步、逛街的男人。我狐疑地望著這奇特的景象，心想瑞典的男人怎麼都不用上班？瑞典男人是都失業？還是都給老婆養？不然怎麼可以大白天的就這樣無所事事帶著孩子逛大街呢？

拍照的前一天，我們去 Showroom 拿拍照要用的衣服。

和 Showroom 助理 Juline 商量歸還衣服的時間時，我們問 Juline 能不能隔天傍晚大約七點拿來還，Juline 卻表示公司五點就下班了，一問之下才知道瑞典公司大都嚴格奉行朝九晚五的上班時間，而且從來不加班。我們直呼不可思議，瑞典員工福利好眾所周知，但從來不加班這點實在有點誇張，而且還是最難搞的時尚產業，實在叫人難以想像。

聊到一半，我突然有點尿急，於是跟 Juline 借廁所。一走進廁所，我有點愣住，因為除了你會在一般辦公大樓裡看到的廁所外，旁邊還有一整排豪華淋浴間和大更衣室，更衣室裡還像飯店一樣放了一疊又一疊乾爽的大毛巾。我問 Juline 為什麼公司的廁所裡要配備淋浴間和更衣室，她跟我解釋公司知道大家喜歡用慢跑或騎腳踏車的方式通勤，所以特別建了淋浴間和更衣室讓大家可以在上班前梳洗換裝用。

懷抱著羨慕和不可置信的複雜心情，我跟陳晶晶默默挑好衣服，因為是冬裝，體積較大，不知不覺就裝滿了十個紙袋。正當我們為了該怎麼把這十個大紙袋扛回旅館發愁時，Juline 走過來，笑得一臉親切：「我幫妳們叫計程車好嗎？」

北歐計程車貴到令人吐血這件事時有耳聞，所以我跟陳晶晶壓根沒想過要把計程車當成解決問題的選項，不過如果兩個人硬是拚了老命把這十個紙袋扛回旅館，我跟陳晶晶的腰可能在不久的將來就會不堪使用，再說 Showroom 其實離我們住的旅館不過兩公里的距離，我們估算了一下，這要不了五分鐘的車程，再貴也不可能真的貴到哪裡去吧？

沒想到，計程車不過在 Showroom 門口做了一個簡單的回轉，計費表已經硬生生跳了三下，幾乎和我的呼吸同步。那短短兩公里的路程，應該可以說是我這輩子經歷過最煎熬的兩公里。剛開始我還目不轉睛盯著計費表，不可置信它那充滿速度感的敏捷脈動，後來我開始認真覺得要是再這樣繼續看下去，我很有可能會在抵達目的地之前心臟病發，於是我坦然地把頭轉向車窗外開始欣賞風景。五分鐘後，計程車安穩停在我們旅館門口，計費表上寫著三百瑞典克朗（相當於新台幣一千三百五十元）。瑞典的計程車真的是把我嚇傻了，如果照這種計費方式推算下來，搭計程車去機場的費用差不多可以買一張機票回台灣度假了，真的很難想像，到底要什麼樣身分地位的人，才能夠眼都不眨地享受瑞典計程車的服務啊？

漫漫長夜，被困在上百件衣服當中，
不知該從何開始的陳晶晶。

拍照當天早上七點鐘，房門口傳來清脆的敲門聲，我打開門，模特兒和彩妝、髮型師全都準時站在門口。

斯德哥爾摩的拍攝我們總共請了兩位女模特兒，其中一位 Nathalie 只有十四歲，因為未成年需要由一位監護人陪同，陪 Nathalie 來的那位女士看起來大約三十五歲左右，我們一直以為那位女士是 Nathalie 的媽媽，沒想到那位女士一開口居然說：「Nathalie 的媽媽今天有事不能來，我是 Nathalie 的奶奶。」

Nathalie 的奶奶今年五十八歲，整個人看起來比實際年齡小了快二十五歲，健康的小麥色皮膚，結實有彈性的曲線，笑起來更是活力充沛。模特兒在妝髮的時候，我跟陳晶晶頻問 Nathalie 奶奶的保養秘方，卻逐漸在對話中發現 Nathalie 奶奶的狀況其實並不是個極端的特例，瑞典健全的社會福利，低污染的空氣，品質優良的食物，平等的兩性關係，人民對運動的熱愛以及不加班的風氣，說真的，這裡的女人還真找不到變蒼老的理由啊。

話匣子一打開，我立刻丟出這些天來一直困擾我的現象，關於街上為什麼會有這麼多看起來好像不用工作、每天帶著孩子在公園和賣場裡溜達的男人們？

「喔，他們應該不是沒有工作，而是正在利用育兒假享受和孩子相處的時光。」Nathalie 的奶奶回答。

原來，瑞典政府為了讓養育孩子不再是父母們甜蜜的負擔，提供了相當體貼的育兒政策：瑞典人每生一個孩子，就可以請四百八十天的假，夫妻倆加起來總共可以請九百六十天，請育兒假的期間薪水照發，大多可以領到原薪水的百分之九十。在經濟如此被保障的情況下，瑞典父母們可以更心無旁騖地陪伴孩子成長，而不用為了養家錯過與孩子一同探索世界的機會。

「對瑞典男人而言，人生最大的成就往往不是賺大錢，而是陪伴孩子度過快樂的童年時光。」Nathalie 的奶奶繼續補充，「因此各行各業，不論職位高低的男性都迫不及待把握住這一年的育兒假，街上也才會有這麼高比例專職帶孩子的爸爸們出現。」Nathalie 的奶奶說。

以前在歐洲自助旅行時，都會刻意避開北歐國家，總覺得北歐是賺大錢或退休人士才會去的地方，直到我終於踏上了瑞典的土地，才知道這裡原來這裡有這麼多值得學習且讓人驚嘆的地方。

我特別喜歡龍應台在《人在歐洲》那本書裡寫的，台灣彷彿置身在這個世界貧富差距軸的正中央，往台灣的右手邊看去，有世界上最富足的一群人；往台灣左手邊去，有世界上最貧困的一群人。曾經我以為一定要去到窮困戰亂的地方旅行，才會對人生有諸多啟發，但自從去了斯德哥爾摩以後，我發現北歐帶給我的震撼一點都不比印度小，甚至還有過之而無不及。

離開斯德哥爾摩那天早上，我跟晶晶吃完早餐後才發現兩個人都忘記帶房卡，只好去櫃檯要新的卡片。帥氣的瑞典櫃檯給了我兩張新卡，順帶跟我說之前那兩張已經不能用了。

我自作聰明地接話：「那我就把那兩張丟到垃圾桶裡嘍。」

對方馬上說：「No, no，還是麻煩妳拿下來還給我們，這樣比較環保。」

只見晶晶斜著眼看我，而我則一臉尷尬地低下頭。

《La Vie—Pure Wonderland》

很難想像畫面中看起來那麼殺的Nathalie竟然只有十四歲，更奇妙的是，瑞典女生的美似乎同時兼具男人和女人的特質，給人一種雌雄同體的感覺。

《La Vie—Pure Wonderland》

離開斯德哥爾摩，我跟晶晶來到我們旅程的最後一站——香港。

雖然不曾真正探索過這座城市，但因著王家衛的電影，我早已對這座歷史名城充滿無限浪漫的綺思，關於重慶大樓、旺角、九龍這些地名，《花樣年華》裡周慕雲和蘇麗珍那讓人百轉千迴的巷口。我在飛機上抓著陳晶晶，滔滔不絕地跟她說張愛玲的《傾城之戀》，張小嫻筆下的天星小輪，一種即將朝聖偶像的興奮。

抵達香港的頭三天，都在大啖美食跟尋找「我們心中的香港」度過，但隨著開拍日逼近，我跟陳晶晶依然沒有找到理想的拍照地點，兩個人逐漸緊張起來。

就在這個時候，我收到了倫敦好友 Roby 的來信。

Roby 是香港人，十八歲那年去倫敦念書，大學畢業後 Roby 留在倫敦工作，一待就是十幾年，直到最近幾年媽媽開始身體不好，Roby 才決定先搬回香港。

我們跟 Roby 約在上環吃乳鴿，才坐下來，我就逼近 Roby：「你是香港人，快帶我去找那種很有香港在地味的地方。」

Roby 慢條斯理地吃了一口乳鴿，帶一點英式男人的優雅和溫吞：「小姐，我離開香港超過十年，上禮拜才剛下飛機，我對香港也是很陌生啊！」

吃完乳鴿，Roby 帶我們跑了香港島上幾個舊街區，我跟陳晶晶頻頻搖頭，最後Roby 說：「那我帶妳們去看油麻地的廟街吧，那是香港最有名的夜市，很有香港味的。」

我們搭乘天星小輪從香港島到九龍，再換公車到油麻地，廟街雖熱鬧，仍不符合我們心中的想像。逛完廟街，夜越來越深了，周遭街道也逐漸安靜下來，就在我們準備放棄的那一刻，一連串低矮的老房舍躍入我們眼前。

時間剛過午夜十二點，大卡車一輛又一輛停靠在路邊，引擎聲隆隆響著，排氣管仍冒著煙，工人們勤奮地搬上搬下，把一箱箱東西放上推車，一路推進那不見底的老房舍深處，在周圍動輒幾十層高的摩天大樓包圍下，那傾斜屋簷下閃爍奇異光暈的老房舍，宛如桃花源般讓人感到好奇。

「這是什麼地方？為什麼這麼晚還這麼熱鬧？」我問 Roby。

「這是果欄，也就是水果批發市場，他們營業時間很早，現在應該在做進貨的準備工作。」Roby 說。

我跟陳晶晶好奇極了，但 Roby 似乎沒有想帶我們走進果欄裡面的意思，只在附近又繞了幾圈，就送我們回旅館了。

那天晚上，我跟陳晶晶上網查果欄的資料，發現果欄建於一九一三年，有超過兩百三十間店鋪，被香港列為二級歷史建築，超過百年的古蹟裡仍保留濃濃生活氣息，踏破鐵鞋無覓處，正是我跟陳晶晶夢寐以求的拍攝場景。

我跟陳晶晶興奮極了，第二天一早就殺回果欄。白天的果欄和夜裡很不一樣，少了燈光、卡車、忙進忙出的熱鬧氣氛，只見一張張被拉下來的鐵門，還有一旁堆得高高的果皮和紙箱。

我跟陳晶晶興味盎然地走進果欄，只見一群穿著無袖汗衫的阿伯們隨性地在路中央搭起麻將桌，圍成一圈正在打麻將，旁邊幾個圍觀的阿伯們或站或坐，手裡拿著薄竹片編成的扇子有一搭沒一搭地輕輕搧著。

「如果其中一張照片是模特兒跟這些阿伯們坐在一起打麻將，肯定很有意思。」陳晶晶說。

我點頭附和，於是我們決定上前去跟阿伯們自我介紹，並詢問他們是否願意配合拍攝。

我們用普通話自我介紹，阿伯們用廣東話回答，不一會就陷入雞同鴨講的對話當中，但雙方都還是很努力試圖從零碎的隻字片語中拼湊對方的意思。

「你們，明天，這個時間，這裡，打麻將嗎？」我努力用我想像中的港腔說話。

「明天？」阿伯們興高采烈地討論起來，然後他們說：「會啊，我們每天收工後都會在這裡打麻將。」

「我們，明天，帶模特兒來這裡，拍照，你們跟模特兒，一起拍，好不好？」我一邊說一邊表演拍照和被拍的動作。

阿伯們笑得更大聲了，還有幾個從位置上站起來要讓位給我跟陳晶晶：「盡量拍，盡量拍！想怎麼拍都可以，要不要順便玩一局？」

我跟陳晶晶費了九牛二虎之力，才讓他們明白我們是明天才要拍，中間阿伯們還一直插話說：「現在拍不是挺好嗎？」

「模特兒明天才會來啦！」我們哭笑不得地說。

「好啦，記得下午一點以前來噢，我們差不多那個時候就會散了，要回家睡覺啦。」麻將阿伯們說。

逛完果欄，我跟晶晶心滿意足地去附近吃了個叉燒飯，回到旅館準備第二天的拍攝工作。

剛過午夜十二點，正是果欄要開始忙碌的時候。

拍攝當天是禮拜天，彩妝師和髮型師依約定的時間抵達旅館房間，模特兒卻遲遲沒有出現，我照著模特兒經紀公司給的號碼撥模特兒手機，卻一直打不通，才發現經紀公司居然少給了一個數字。

因為是禮拜天，模特兒經紀公司沒有人接電話，眼看時間一點一滴地流逝，我們全都急得像熱鍋上的螞蟻，彩妝師和髮型師都是香港人，他們上 Line 和 FB 詢問朋友中有沒有誰認識這家經紀公司的經紀人，居然還真被他們問到其中一位經紀人的手機號碼。

我們立即打電話過去，叫 Leo 的經紀人接起電話，聲音聽起來還在睡夢當中，他開電腦幫我們查通告單，發現幫我們安排通告的那位經紀人搞烏龍，把早上七點的通告錯發成下午兩點。

當模特兒 Luliia 出現在我們房間門口時，已經接近中午了。

雖然焦急，還是得讓彩妝師和髮型師把妝髮弄好才能出門，那天的髮型比較複雜，要將模特兒的頭髮捲成一個像獨角獸般揚起的角，髮型師花了快兩個小時才完成，等我們抵達果欄時，已經將近下午三點，昨天阿伯們打麻將的地方只剩下一地的果皮和紙屑。

彩妝師和髮型師在幫 Luliia 做最後微調時，我跟陳晶晶隱約聽到小巷裡傳來細微的麻將碰撞聲響，我們循聲走進漆黑狹小的巷子裡，遠遠地只見一尊高懸在牆上的關公神桌散發著紅光，紅光下八、九個大漢分成兩桌，一邊在打麻將，一邊在賭錢，我跟陳晶晶立刻喜出望外地衝上前去。

好巧不巧，其中一位正在打麻將的阿伯剛好是昨天和我們雞同鴨講對象的一員，我們激動地問他可不可以讓我們帶模特兒過來這邊拍照，阿伯把我們的來意傳達給另一位看起來頗有威嚴的中年男子，沒想到這位中年男子頭搖得像波浪鼓一樣，大聲地用廣東話說不行，要我們馬上離開。

我跟陳晶晶苦苦哀求，但中年男子的態度十分堅決，於是我跟陳晶晶決定改變方式，開始大聲唱歌刻意干擾阿伯們打牌的興致，一群阿伯被我們突如其來的怪招弄得哭笑不得，但仍堅決地表示這件事沒有商量的餘地，我跟陳晶晶只好無奈地離開。

令人苦惱的事情還不只這一件，Luliia 的眼角天生比較下垂，不管再怎麼努力要她把眼睛睜大，或是從不同角度取景，拍起來都有一種睡眼惺忪的模樣，跟我們原本追求的感覺相去甚遠。幾次溝通下來，Lulia 的狀況不但沒有改善，還因為緊張而變得越來越僵硬，眼看再不到三個小時就要天黑，我跟陳晶晶討論，與其一直跟 Luliia 計較她的眼神不夠力，還不如改成用夢遊的方式詮釋這次的主題。

雖然改了主題，Lulia 的表現仍舊差強人意，在拍第一套和第二套衣服的時候，Luliia 不但沒有成功表現出夢遊者該有的迷離與神秘，鏡頭前的她看起來有些呆滯，像一個被人戳破後，了無生氣的皮球。

等拍到第三套衣服時，或許是因為坐著的關係，Luliia 的肢體顯得放鬆許多，那是在一個借來的水果攤前，老闆只給我們五分鐘的時間，Luliia 才正要進入狀況，老闆已經開始大聲催促我們。我其實很緊張，但眼看 Luliia 的表現越來越好，我抱著一種就算被老闆打暴頭也要拍下去的

髮型師 Jim 和陳晶晶在幫 Uliia 整理裙
襬和頭髮。

決心，更大聲引導、稱讚 Lullia。拍完的那一刻，我衝上前去把穿著十五公分高跟鞋的 Lullia 扶起來，開心地擁抱她，我說妳簡直棒透了，Lullia 羞怯的小臉突然綻放出花一樣的笑容，在場所有的人都可以感覺到她那由衷的喜悅。

我挽著 Lullia 的手，蹦蹦跳跳地把她帶回換衣服的地方，一路上兩個人都很興奮，像感情很好的姊妹（雖然是身高差了二十公分的姊妹）。那一刻，我真的覺得好開心，彷彿我跟 Lullia 一起完成了一件事，而這件事必須要是我們兩個一起合作，傾盡全力才能達成的，不是我技術好，或者她長得漂亮就可以辦得到，那是一種願意相信，願意一起努力，才能達到的成果。

攝影工作做久了，我常常覺得，很多時候我們挑剔模特兒天生的缺陷，覺得她鼻子不夠挺、下巴戽斗，卻很少想到這些缺點其實可以被看成是某種特點，甚至是與眾不同的武器，等待有心人的發掘。除此之外，這些外國模特兒高䠷的身材和成熟的臉蛋往往會讓我們把她們看成大人，覺得她們應該要有大人該有的專業和抗壓性，於是我們忘記，很多模特兒其實年紀都很小，大多在十六到二十歲之間，她們雖然有一八〇的身高，讓人望而生畏，但其實只是個小女孩，飄洋過海，獨身一人在這一個又一個大城市裡尋找夢想。她們尋找夢想，就像我們每個人都在尋找夢想；她們需要鼓勵，就像我們每個人都需要鼓勵；她們渴望被相信，就像我們每個人都渴望被相信一樣。

曾經有一段時間，我很生自己的氣，我氣為什麼我不能成為一個看起來很有威嚴、讓模特兒心生敬畏的攝影師。我擔心自己沒有那種震懾全場的威嚴，擔心自己會被模特兒或其他工作人員騎在頭上。但是那天，當我緊緊抱住 Lullia，當我看到她臉上如花般的笑靨時，我逐漸明白，也許我就是這樣，我會擔心模特兒的心情，我在乎她們喜不喜歡跟我一起工作，我渴望的，是一個我們大家共同努力出來的成品，而不是我一個人的榮耀。我想，我就是那個會跟模特兒手挽著手蹦蹦跳跳，笑得很開心，圓臉上找不到一絲威嚴的攝影師，或許這就是我的風格。

接下來的四套衣服，Lullia 的表現好極了，她的動作越來越自然，也變得越來越有自信，雖然整個工作團隊只有少少五個人，但因為大家合作無間，順利趕在太陽下山前收工。拍完的那一刻，我真切感覺到那種大家為了同一個目標努力時，心緊緊相連的感覺。

《La Vie—The Sleepwalker》

《La Vie—The Sleepwalker》

《La Vie—The Sleepwalker》

回到旅館後，雖然我跟陳晶晶累得全身上下每一塊骨頭都快要散了，但因為已經答應了Roby和其他朋友要一起吃晚餐，我們匆匆換了套衣服，就往餐廳趕去。

吃晚餐的時候，我跟陳晶晶興奮地跟大家分享我們今天拍照的過程，還巨細靡遺地把和阿伯們雞同鴨講及纏鬥的過程表演給大家看，一桌子笑成一團，只有Roby靜靜不動聲色。

「妳們知道那天晚上經過果欄的時候，我為什麼沒有帶妳們進去嗎？」Roby說。

「因為太黑？」我胡亂猜測。

「因為果欄是黑社會在經營的，平常人要走進去，還得先請示一下，妳們兩個也真大膽，沒問過就直接跑進去也就算了，居然還敢對黑社會軟硬兼施……」Roby說。

「黑社會？你怎麼沒有跟我們說？」我大驚。

「我以為妳們只會在外圍拍個幾張，哪知道妳們會跑到裡面去。」Roby說。

「可是他們都穿白色汗衫，看起來就是很純樸的果農，很好欺負的阿伯耶。」我說。

「我只能說傻人有傻福，他們平時都是販毒砍人的狠角色，可能看妳們兩個搞不清楚狀況，覺得特別有意思吧。」Roby無奈地說。

我和晶晶互看一眼，想到今天發生的一切，想到那些阿伯們操著廣東話、皺著眉頭對我們束手無策的模樣，忍不住哈哈大笑起來。

CHAPTER 8

拿著鏡子奔跑的人

他拿著鏡子，來回奔跑，跑到人們的面前時，他就停下來，用鏡子照著那個人臉，並高聲呼喊：「這就是你的模樣喔！」

一晃眼，聖誕節又到了，這已經是我到倫敦的第三個聖誕節了，牛津街上吊起了巨大的聖誕燈飾，倫敦街頭洋溢著濃厚的聖誕氣氛，照慣例，我和朋友們在聖誕節前夕一起開車去座落於牛津郊區的 Bicester Outlet 血拚。

車子開回倫敦時，剛好塞在哈洛德百貨公司前的馬路上，我透過車窗，看到百貨公司櫥窗裡的華服和假人，一切都是那麼地精緻，美麗得無可挑剔，但卻又缺少了那麼一點生命力。

坐在前座的朋友們正熱烈討論著今晚要去哪裡喝酒跳舞，我的意識卻開始神遊，看著窗外的花花世界，腦子裡想的卻是大學時代去尼泊爾當義工，在中輟生學園裡教書的日子，如今這一切離我那麼遙遠。

我現在認識的時尚圈朋友們，對非洲或印度這種落後國家一點興趣都沒有，他們只喜歡巴黎、米蘭、倫敦、紐約，只在乎哪裡能買到最好吃的馬卡龍、喝到最好的香檳，話題永遠圍繞在保養、減肥、這一季的流行趨勢，每次聽他們聊天內容，前三十分鐘都還挺新奇有趣的，但三十分鐘過後，我就會開始坐立難安。我突然覺得有些迷惑，這真的是我要的嗎？

聖誕節過後，我馬不停蹄地又接了幾個服裝目錄的案子。工作接得越大，壓力也隨之而來，我菸開始抽得越來越凶，不知道從哪一天開始，我右半邊的臉頰開始長痘痘。

一開始只是兩、三顆，我沒有把這件事放在心上。我從小皮膚就好，壓力大的時候偶爾會長一點痘痘，但也僅止而已。沒想到一個月後，這些痘痘非但沒有消失，反而像是起連鎖反應一樣開始越長越多，等我從否認的情緒中回過神時，我右臉頰已經布滿將近二十顆痘痘和暗瘡，看起來慘不忍睹，朋友們紛紛在 Party 上、咖啡廳裡，憂心忡忡地看著我的右臉頰，問我怎麼會搞成這樣，我答不上來，整個人卻開始變得有些畏縮。

我還是繼續抽菸、熬夜、焦慮、飲食不正常，我知道我的健康已經亮起紅燈，卻無能為力，我在追求我的夢想，而夢想不是用嘴巴隨便說說就好，必須用行動去證明。

工作到一個階段，我的想法已經開始有些扭曲，遇到沒有薪水的拍攝工作，就算再有趣我也不接。我覺得無法支薪的工作是沒有意義的，每天都在想要如何認識更大的品牌，結交更多時尚圈的朋友，再多賺一點錢⋯⋯總覺得只要能賺到錢，就可以證明我是對的，說話也可以比較大聲，我甚至認為賺不到錢的攝影師根本就不配叫攝影師，只想用賺來的錢證明自己的價值。

有一天晚上，修圖修到一半，突然覺得肚子有點餓，決定去廚房煮泡麵。煮到一半突然覺得左手手腕內側奇癢無比，低頭一看，赫然發現手腕內側上一點一點像是被蚊蟲叮咬的小疹子，密密麻麻將近一百顆，連成一片巨大的紅色疙瘩。

那疹子不像蚊子咬的，我第一個反應，是認為房間裡來了跳蚤，立刻打電話請房東隔天過來幫我做消毒。但很快地，我就發現事情似乎不太對勁，這群宛如軍隊般連成一氣的紅色小疹子，竟在不到幾個小時之內，突然又消失得無影無蹤，彷彿我之前看到的那些都是幻覺。但是到了第二天早上，同樣的狀況發生在我的大腿，不一會又消失，然後是肚子⋯⋯我跟朋友提起這件事，朋友說，我應該是得了蕁麻疹。

我上網 Google 蕁麻疹，網路上說這是一種皮膚過敏的症狀，引發過敏的原因有很多種可能，例如蚊蟲叮咬、日曬、花粉刺激、空氣或食物等，過敏原眾說紛紜，我也無法確定我的過敏原到底是什麼，只好小心翼翼地避免吃海鮮，換了一款新的洗衣粉，並認真地把床單被套全部洗過一遍。

原本我以為，這暫時的不適，應該會像感冒傷風一樣，休養幾天就會好了，但我的蕁麻疹非但沒有要離開我的意思，甚至有越來越囂張的趨勢，從一天冒出來一、兩次，到漸漸一天四、五次，每次都在不同的部位，完全無法預知也沒有任何預警，唯一可以確定的，只有那來勢洶洶的癢勁。

我每次都癢得嘰嘰叫，想抓卻怕留疤，只能無奈地用手拍打發癢的部位。雖然去藥房買了止癢藥膏，但小紅疹軍團轉移部位的速度實在太快，每次才剛擦好某個部位，小紅疹已經巡迴到別的地方。更何況，更多的時候小紅疹不是發在手腳這些比較好處理的部位，大腿內側、胯下、肚子、後背、屁股也是他們的熱門據點，跟客戶談生意的時候、拍照的時候、跟朋友逛街的時候，都要花極大的忍耐力克制自己不要把手伸進衣服裡面去抓。

夜裡，我常常癢得無法入睡，白天也容易心神不寧，但最痛苦的，還是泡澡這件事。

從小我就是個喜歡泡澡的孩子，長大以後，最喜歡的紓壓方式就是累了一天後回到家幫自己放一缸熱水澡，拿一本書，窩在浴缸裡一邊閱讀一邊慢慢紓緩自己緊繃的身體，但自從得了蕁麻疹之後，泡澡就變成一件極度恐怖的活動。剛泡進熱水裡的時候，還會覺得很舒服，很放鬆，但很快地，皮膚受到熱水刺激，開始發紅，小紅疹就突然嘩地一下全冒出來，這時候就不會只有某個部位，而是幾乎全身上下都布滿小紅疹。我還記得我倉皇地跳出浴缸，望著浴室鏡子裡全身赤裸的自己時，幾乎就要嚇壞了，身上的小紅疹像是有生命一樣不停地發脹、擴張，劇烈的刺癢帶來疼痛，那一塊塊巨大的紅斑凹凸不平，讓我聯想到小時候經過地下道時看到在路邊乞討的象人，那膨脹的、扭曲的身體。我嚇得急忙打開蓮蓬頭，轉到冷水，死命往身上沖，一邊沖，一邊號啕大哭。

三個月後，蕁麻疹依然像個忠實的愛人，時時刻刻長伴左右，網路上説蕁麻疹有分急性跟慢性兩種，超過三個月就是慢性的。急性蕁麻疹只是因為不小心接觸到過敏原才會發作，只要遠離過敏原，就會好轉；至於慢性蕁麻疹就比較麻煩，成因也更加複雜。網路上很多人説慢性蕁麻疹是永遠不會被根治的，頂多你狀況好的時候它潛伏在你的體內，等你狀況不好的時候又會跑出來，一輩子跟著你。我突然想到小時候看《怪醫黑傑克》漫畫裡面那些長在患者身上的人面瘡，就算割掉了還是會長出來，至死方休。

這個時候我已經開始吃醫院開給我的抗過敏藥了，吃藥的時候，蕁麻疹的症狀會稍稍被壓下來，抗過敏藥有一點嗜睡的副作用，一天照三餐吃，熬夜的話就要吃到四次，有的時候不小心忘記吃，症狀還會加重，出門時只要發現自己忘了帶藥，整個人就會進入一種瀕臨崩潰的狀態。

我囤了很多抗過敏的藥，一排排疊在書桌上，有時用電腦用到一半突然抬頭，看到那些堆積如山的藥，我就會覺得有些荒謬，我才二十七歲，怎麼會突然就變成藥罐子了？

有一次去店裡買東西，我坐在櫃檯前的椅子上，等店員去倉庫裡拿貨時，胸部突然奇癢無比，我往旁邊鏡子一看，蕁麻疹好像打閃電戰一樣，一路從胸部攀爬到脖子，又毫不客氣地蔓延到右臉頰，這時店員正好從倉庫走出來，我永遠忘不了他那驚駭又強裝鎮定的眼神，把東西交給我的時候，甚至小心翼翼地避免和我有任何直接接觸，我倉皇地付了錢，逃出那家店。

隔年春天，哥哥結婚，我趕回台灣參加婚禮，順便去醫院檢查蕁麻疹的問題。

醫生説，我的蕁麻疹是慢性的，跟任何過敏原都無關，實在是身體裡面累積了太多毒素，吃藥也只是稍微把症狀壓下來，如果我不改變自己的生活作息，情況只會越來越惡化。

跟家人商量過後，我決定趁這個機會先在台灣休養一陣子，等身體比較好了之後再回倫敦。

賦閒在家那陣子，剛好收到母校中和高中的邀請，請我回去跟學弟妹分享我過去在歐洲壯遊的心路歷程以及後來在倫敦工作的情形。

不是沒有在眾人面前演講過的經驗，但因為是母校，那近鄉情怯的感覺特別強烈，我的緊張可想而知，準備的內容更是異常豐富。

演講那天，因為試圖在學弟妹面前把自己塑造成一個成功人士的形象，演講一開始就花了很多時間分享現在的工作，拿出來的照片，不是在倫敦最高級的飯店裡拍攝的，就是和知名模特兒、設計師們合作的作品。講得正得意呢，突然人群中一個嬌小的女孩舉起手：「學姊，我想請問妳，妳做這些事情的意義是什麼？」

一點質疑，一點挑釁的，我從她的聲音裡聽出更多的，是困惑。

的確，如果她今天花兩個小時的時間，就是來聽一個比她大十歲的女生吹噓自己拍過多少漂亮的衣服、模特兒，去過多少頂級的時尚派對，想必十七歲的我也會感到很失望的。

我望著那個嬌小的女孩，彷彿看到當年的自己，我說：「有一個故事是這麼說的。有一天外星人接管地球，覺得地球上人口太多，應該要減少一點，但是要減少哪些人呢？外星人經過一番仔細觀察後，發現農夫種田生產米糧，醫生為人看病，科學家發明便利的東西提高生活品質，警察維護秩序，都是非常有用的人。外星人繼續觀察，然後他們發現了一批被稱做藝術家的人們，藝術家的成員有作家、音樂家、畫家、舞蹈家、詩人等等，這些人整天無病呻吟，春花秋月，創造出來的東西對社會正常運作沒有半點實際的幫助，是最不被需要的一群人，所以外星人就把各人種中搞藝術的統統處死了。」

我繼續說：「這是一個反諷的故事喔！」

我沉默了一會，深呼吸：「我必須承認，我目前經手的很多攝影工作，絕大部分都是商業案，而這些商業案的目的只是為了銷售，並沒有太多實質的意義和內涵。但是當我過去在歐洲找自己的時候，我就很清楚地知道，我一直渴望能透過我的攝影，透過我的文字，把我觀察到的，那些人與人之間的情感、希望、夢想、悲傷和拉扯，用一種戲劇化的方式放大後，呈現在人們的面前。我想傳達的，是一種狀態，一個問號，不是一個答案，因為每個人都有屬於自己的答案，我做的，也許只是一件叫做提醒、或是喚醒的動作。」我說。

回家的路上，我想起一個要好的畫家朋友曾經跟我說過的話，他說，與其說他是個畫家，不如說他是個拿著鏡子奔跑的人，他拿著鏡子，來回奔跑，每當跑到人們的面前時，他就停下來，用鏡子照著那個人的臉並高聲呼喊：「這就是你的模樣喔！」

鏡子裡的那張臉，那張屬於心靈的臉，是好看或不好看，快樂或不快樂，由那個人自己決定，我們不批評。我們只是一個拿著鏡子奔跑的人，我們只是一個媒介。我沒有辦法給你一塊麵包，因為我不是麵包師父；我沒有辦法替你蓋一座樓，因為我不是建築師；但卻期待你能明白，我們渴望用我們的敏感和天真，讓你更了解自己，了解這個世界，了解很多事情都不能用二分法處理，原來善良中可以夾帶著邪惡，富足中可以夾帶著貧窮，我們如此複雜又如此單純，因為我們不是機器，我們是人。

現實生活中整理儀容的鏡子都如此重要了，更何況心靈的鏡子呢？

演講過後，我收到很多學弟妹的來信，大部分是念文組的同學，他們在信裡跟我道謝，也分享他們的心情。他們說，今天這個世界上很多所謂有意義的工作似乎都被理組囊括了，曾經他們也以為自己的存在是多餘的，外星人的反諷故事，讓他們覺得找到了慰藉和可以繼續努力的目標。

其實，該說謝謝的那個人，應該是我。

我喜歡時尚攝影，喜歡這個工作中種種挑戰，以及這個行業裡五光十色的風景。但在追逐夢想的過程中，我也因為試圖變成大家覺得所謂成功該要有的樣子，換上了名貴的義大利品牌眼鏡，穿起黑色真絲襯衫，拿著新一季的包包，用犀利的口吻與客戶談生意。在這場成功追逐戰中，我逐漸忘記自己原本的聲音和模樣，越來越少拍那些我真正關心的議題，也忘記當初用拍照說故事時那種純粹的快樂。

兩個月後，在家人的照顧和細心調養之下，我的蕁麻疹漸漸康復了，復發的次數也越來越少。這段時間裡，我一直回想在母校的那場演講，也和幾個工作上志同道合的朋友們聊起這件事，聊到後來，大家開始有一些想法，討論未來或許可以共同製作一個類似線上雜誌或部落格的網路平台，結合大家的專業技能（如服裝造型、美術編輯、攝影、動態影像、音樂等），定期用我們擅長的時尚元素做包裝，拍類似雜誌上服裝單元（Editorial）的系列照片，但這些照片要討論的焦點不再只專注於衣服包包、彩妝飾品，而是更多我們對生活的觀察和想拋出來和大家一起討論的議題。

那陣子我因為在家休養的關係，和媽媽相處的時間變得很長，因而觀察到媽媽平時穿的鞋子似乎有些磨腳，於是我決定帶媽媽去運動鞋專賣店，想幫她挑一雙有氣墊、平時外出時比較好走的步鞋。

一來到運動用品店，我立刻搜尋架上符合我心中「老人家」應該要穿的鞋款。我挑了一些樣式簡單、大地色系、有氣墊的鞋款給媽媽試穿，沒想到我挑中的鞋子都被媽媽嫌老氣，最後媽媽自己挑了一雙亮紫色、感覺好像時下年輕人才會穿的流行款式。看著媽媽興高采烈地在運動用品店全身鏡前左顧右盼，我突然發覺，原來媽媽的心裡一直都住著一個少女。

從我出生開始，媽媽就已經是媽媽了。做家事、把屎把尿、大聲吼叫、囉囉唆唆、雞婆、問東問西，雖然我的理智告訴我媽媽當然也曾經年輕過，但我的習慣卻告訴我，媽媽就是一個上了年紀的老年人，理應要有老年人該有的穿著打扮和心態。我們要做到的就是好好孝順她，關心她的健康，卻從來沒有想過，媽媽的心裡其實還有一個少女的身分需要被照顧到，那個少女也有一顆敏感、愛漂亮的心，希望被人們溫柔地呵護著。

這件事給了我許多靈感，我決定拍成一組名為「When mother was young」（當媽媽年輕時）的攝影作品。

和造型師 Charlene 討論到服裝的部分時，我們一致認為現在市面上以復古元素設計的服飾並沒有辦法真正傳達出我很想表現的、關於媽媽們那一輩的青春時尚，於是我跟 Charlene 花了一個月的時間，透過親朋好友們的幫忙，蒐集到近千件各家媽媽們年輕時的衣服，Charlene 把這些衣服經過整理後搭配成六套，我們找來模特兒吳詠榆（姿訊模特兒經紀公司）、髮型師 York Lin、彩妝師 Summer Wei，以時尚攝影的拍攝手法，在台北永春街的小巷裡完成這組作品，並決定將來當我們預計的這個線上雜誌／部落格出刊時，可以把這組照片放在裡面，和大家分享我們對媽媽其實也是少女這件事的感想。

雖然這個線上雜誌／部落格的計畫到目前為止都還在籌備當中，卻為我們帶來了很大的期許。現實生活中的確有很多必須妥協的事情，也不可能像神仙一樣不食人間煙火，但能有一個這樣共同的目標可以努力，確實讓我覺得非常幸福。

我想，關於生命中的廣度和深度，都還有太多值得我們去學習和探索的地方，雖然在攝影和夢想這條路上，還有更多跌跌撞撞、需要一再修正的過程在前方等著我，但我相信，所有的經歷都是未來的養分，而我也期待，在接下來的人生路上，可以一步一步慢慢往我的目標邁進，當一個認真觀察世界，拿著鏡子奔跑的人。

《When mother was young》
永春街
206之5
恭賀新禧

永春街
YongChun St.

《When mother was young》

後記

二〇一三年六月，我站在桃園中正機場第二航廈的出關口前，伸長了脖子，不住張望。耳機裡傳來充滿節奏感的重金屬音樂，我的外表很冷靜，內心卻很澎湃。

玻璃門打開，玻璃門關起來，玻璃門又打開，一波波旅客從門後面走出來。然後，我看到夾雜在人群中，推著行李推車的韓國女孩。睽違了三年的時間，自倫敦機場一別之後，我們終於又相遇了。

韓國女孩當年清湯掛麵的妹妹頭，如今已變成飄逸中帶點浪漫的長鬈髮，秀氣的小臉上化著清雅的淡妝，看起來既活潑又美麗。我們彼此擁抱，激動中帶著一點不可思議。

從沒想過，有一天還會再見面。

前往台北的巴士上，韓國女孩把這些年來發生的故事跟我娓娓道來。

從歐洲回到韓國之後，韓國女孩回到大學繼續先前尚未完成的學業（當年女孩是採取休學的方式，替自己安排了為期一年的 Gap Year，這當中去了中國和歐洲）。規律上下課的日子雖然平穩，身邊也有家人和朋友陪伴，但韓國女孩的心情卻一直處於很低落的狀態，直到她申請上暑假期間去肯亞服務的義工計畫。那一個多月的日子，在非洲的大草原上，看著那些一無所有卻樂天知命的非洲孩子時，她突然發覺自己當時經歷的，不過是生命當中很小很小的一段波折罷了。

「回國之後想了好多，也覺得自己變得更成熟了，不再把目光焦點集中在已經失去的東西、或挫敗的經驗之後，也開始遇見更好的機會。」韓國女孩說。

韓國女孩告訴我，如今不但找到很好的工作，大學畢業前她還跟一票愛好騎腳踏車的朋友們一起組隊，花了四十天的時間騎腳踏車穿越總長超過四千五百公里的絲綢之路，平均每天要在烈日下騎超過一百公里的路程。路程艱苦，但夢想和夥伴，讓他們每個人都變得勇敢，那段精彩的故事還被出版社集結成書，即將在今年年底出版。

我望著眼前的韓國女孩，只覺得她美麗得閃閃發亮。

接下來的幾天，我們肩並著肩，一同走過師大夜市、永康街、故宮、台北市立美術館、敦南誠品、陽明山……其中一天晚上，好久不見的朋友們約我吃飯敍舊，在東區的小酒吧裡，韓國女孩跟著我一起去了，席間大家問我們是怎麼認識的，我們互看彼此一眼，嘴角邊忍不住的笑意。

「我們是被關在倫敦機場拘留室裡時認識的啊。」我說，果然引起現場一陣譁然。

晚飯後，回家的路上，韓國女孩俏皮地笑著說：「妳還記得拘留所裡面提供的，非常美味的微波千層麵嗎？」

「我是記得有很多微波食品可以吃啦，但有哪些種類可以選擇早就忘記了，妳居然連這種事都記得這麼清楚，很不可思議耶！」我說。

「我最喜歡義大利千層麵了，當時剛從義大利離開，還念念不忘呢。那時我想，反正都已經確定要被遣返了，不如加把勁多吃幾盒千層麵，算是慰勞一下自己嘍。」韓國女孩說。

時光飛逝，曾經最驚慌、最痛苦的經驗，如今都變成茶餘飯後的笑談。

十天後，韓國女孩依依不捨地回韓國去了；而我呢，也即將回到倫敦，繼續我接下來在攝影路上的旅程。不過，在那之前，我得先繞去韓國女孩口中，充滿笑容和生命力的非洲大陸一趟，看看能不能找到一些意想不到的靈感，拍些讓我覺得心滿意足的作品（話說我還沒拍過黑人呢！）。至於會待多久？那就取決於在前方等著我的那些故事，有多精彩刺激啦！

二〇一三年七月三日 台北

The Eurasian Publishing Group
圓神出版事業機構
用心與你對話・網野無限寬廣
圓神出版社
Eurasian Press
http://www.booklife.com.tw inquiries@mail.eurasian.com.tw

圓神文叢 144

我從拘留室搬進東倫敦之後

作　　者	連美恩
發 行 人	簡志忠
出 版 者	圓神出版社有限公司
地　　址	台北市南京東路四段 50 號 6 樓之 1
電　　話	(02) 2579-6600・2579-8800・2570-3939
傳　　真	(02) 2579-0338・2577-3220・2570-3636
總 編 輯	陳秋月
主　　編	林慈敏
責任編輯	林慈敏
校　　對	沈蕙婷・林慈敏
美術編輯	C.CHENG
行銷企畫	陳姵蒨・吳幸芳
印務統籌	林永潔
監　　印	高榮祥
排　　版	杜易蓉
總 經 銷	叩應股份有限公司
郵撥帳號	18707239
法律顧問	圓神出版事業機構法律顧問　蕭雄淋律師
印　　刷	國碩印前科技股份有限公司

2013 年 8 月 初版

國家圖書館出版品預行編目資料

我從拘留室搬進東倫敦之後 / 連美恩著. -- 初版. -- 臺北市：圓神，2013.08
224 面；17 × 23 公分. -- (圓神文叢；144)
ISBN 978-986-133-464-6(平裝)
855　　102012421

定價 330 元　　ISBN 978-986-133-464-6